芬・尼嘉德
Finn Nygaard

国际平面设计协会 (AGI)

余秉楠

国际平面设计协会，原文为Alliance Graphique Internationale，简称AGI。

AGI1951年创建于法国巴黎，首任主席是法国的Carlu。它集中了全世界最优秀和最具影响力的著名设计师，领导着现代平面设计的潮流。

1919年，由Gropius在德国创建包豪斯学院。它所创造的充满生命力的现代设计风格，深刻影响着包括建筑、产品和视觉传达等诸方面的设计。1933年，包豪斯学院被纳粹解散，许多重要人物迁至英国和美国。其中Bayer以及在美国的其他欧洲移民Lionni, Burtin, Blnder, Matter, Tscherny和住在英国的Schleger, Henrion后来成为AGI创建时的第一批会员。与此同时，第二次世界大战前后在平面设计领域做出杰出业绩的一个由8位设计师组成的来自英国的天才集体被接纳为AGI会员。

在法国，20世纪30年代最成功的海报设计师有3个"C"，其中的Carlu和Cassandre，以及其后的一些优秀设计师成为会员。法国人认为文化是最优先的，设计师与画家、雕塑家一起享有声誉和得到社会的承认。因此，巴黎很自然地成为AGI的基地。

通常来说，当时的一些重要设计的产生很少得到工业上的，也就是相信设计对工业和日常生活的重要性的组织的支持，然而德国的AEG（通用电器公司）和意大利的Olivetti打字机公司显然是当时的先锋。Pintori是AGI的第一个意大利成员，他承担了Olivetti的所有视觉传达设计,他的天才创意和半抽象的设计方法对于世界范围的平面设计有着广泛的影响。

在瑞士，Müller-Brockmann和Hofmann致力于建立和发展瑞士的国际风格。由Neuburg等人创刊的《新平面设计》(New Graphic Design)就是瑞士国际风格的代表。Herdeg于1942年创刊了《Graphic》杂志，它在世界平面设计领域中广为流传。他们都先后成为AGI的成员。Bühler和Brun是创建AGI的成员，他们是杰出的海报、展示、广告的设计家，同时也是巴塞尔学校有影响的教育家。Carigiet作为海报设计家的大师之一早已享誉远近，他在1957年加入AGI。Richez是AGI的第一个比利时成员，他在1958年的布鲁塞尔世界博览会的海报设计，使他蜚声海内外。美国的杂志设计在国际上有极高的影响力，《时代》、《生活》、《观察》等杂志建立的创意指导，在新型的传播媒体中占有重要的角色，吸引了许多一流的本地和欧洲的天才设计家，他们中的大多数人是AGI的成员。还值得一提的是Beall，他早在上个世纪30年代创立了典型的美国平面设计风格。

1955年，AGI在巴黎的卢浮宫举办首届展览，展出了来自11个国家的75位成员的作品。虽然包豪斯时期所产生的国际风格日趋明显，但由于历史的原因，展览会上各国的气质差异十分明显。仅仅在一年以后，针对1956年在伦敦的AGI展览，评论家Elvin这样写道："很明显，国际风格已经统领一代潮流。"自1951年AGI建立起，每年轮流在世界各地举行聚会(1973年由于中东战争取消了在耶路撒冷的会议)，会员们在友好和相互尊重的气氛中，进行认真和富有成果的学术探讨，举办会员作品展览，培训有才干的平面设计学生和青年设计师，并用平面设计的方法帮助世界各国的企业、公司和它们的跨国组织的发展。1969年，AGI将总部从巴黎移至瑞士的苏黎世。目前，AGI除拥有上述国家外，还有德国、澳大利亚、加拿大、捷克、丹麦、芬兰、伊朗、以色列、日本、墨西哥、荷兰、挪威、波兰、西班牙、瑞典、韩国和中国等的大约250名会员，清华大学美术学院（原中央工艺美术学院）的余秉楠先生于1992年被接纳为AGI的第一个华人会员，1998年香港的靳埭强先生被接纳为会员。2000年陈绍华和王序成为AGI的新会员。

AGI作为各国著名设计师的联合组织，是国际平面设计界的权威组织，在国际上享有崇高的声誉。

The Alliance Graphique Internationale (AGI)

Yu Bingnan

The Alliance Graphique Internationale, abbreviated as AGI, was founded in 1951 in Paris, France. Its first president was Carlu from France. Among its ranks are the most outstanding and influential famous designers worldwide. It leads since then the trends of the modern graphic design.

In 1919, Gropius has founded the Bauhaus in Germany. The modern design style developed by the Bauhaus influenced deeply many creations in the fields of architecture, industrial products and visual communication. After the Bauhaus was closed by the Nazis in 1933, many of its teachers fled Germany and worked in Britain or the United States. Some of them, e. g. Bayer, along with other emigrates such as Lionni, Burtin, Binder, Matter, Tscherny in the United States and Schleger, Henrion in Britain became the first members of AGI. At the same time, a talented body of eight British designers, who had proved their worth before and during the war, became eligible members.

In France, the most successful poster designers in the Thirties of the last century were the three Cs. Two of them, Carlu and Cassandre, together with other excellent designers afterwards, were members of AGI. Art and artists have been always much respected by the French people. Like painters and sculptors, designers in France enjoy a reputation and an acknowledged place in society. It was, therefore, natural that Paris became the new AGI headquarters.

Generally speaking, around that time many important designs are not supported by the industry and neglected by the organizations which should have believed in the meaning of design in the industrial and daily life. AEG in Germany and Olivetti Typewriter in Italy, however, played a pioneer role in this aspect. Pintori, the first Italian AGI member, was responsible for all the visual communication of Olivetti. His imaginative and semi-abstract approach became a worldwide influence on graphic design.

In Switzerland Müller-Brockmann and Hofmann were instrumental in evolving and establishing the Swiss approach internationally. "New Graphic Design", of which Neuburg was a founder member, became the mouthpiece of the new Swiss International Style. Herdeg started "Graphis" magazine in 1942. This covered graphic design worldwide, with a much more general approach. Both of them were received as members of AGI. Bühler and Brun, the two founder members of AGI, had been well-established designers of posters, exhibitions and advertising and both were influential teachers at the Basel School. Carigiet was already well known as one of the masters of posters. He was made an honorary member in 1957.

Richez is the first Belgic member of AGI. His poster for the Brussels World Exhibition has brought him international reputation.

American magazine design became highly influential on an international scale. "Time", "Life", "Look" established the creative art director of a magazine as the most important figure in this new communication medium. Magazine design in the United States attracted the best native and European talent. The majority of these art directors were AGI members. Special mention here must be made of Beall who had created a typical USA graphic style as early as the Thirties of the last century.

At the first AGI exhibition at the Louvre in Paris in 1955, at which the work of seventy-five designers from eleven countries was shown, although the International Style, existent since the Bauhaus, had become more important, but the national characteristics of most were evident in the exhibits, for the historic reasons given. Only one year later, however, when referring to the 1956 London exhibition, the critic Elvin stated: "Clearly the International Style had begun to dominate the scene."

Since the foundation in 1951 AGI holds assembly meeting every year in different places all over the world (except the meeting 1973 in Jerusalem due to the Middle East crises). In a friendly atmosphere members discussed seriously but fruitfully issues of graphic design, held exhibitions of their works, trained talented students and young designers in this field, and helped with their experiences enterprises, companies and their joint ventures all over the world.

In 1969 AGI has moved the headquarter from Paris to Zurich in Switzerland. Along with the members from the above mentioned countries, AGI has at present around 250 members from Germany, Australia, Canada, Czech, Denmark, Finland, Iran, Israel, Japan, Mexico, Netherlands, Norway, Poland, Spain, Sweden, Korea and China. Bingnan Yu of the Academy of Arts & Design, Tsinghua University, has become in 1992 the first Chinese AGI member. In 1998, Tai-Keung Kan from Hong Kong was accepted as member. In 2000, two designer from China, Shaohua Chen and Xu Wang became members.

As an Network of famous designers from all over the world, AGI is an authoritative association worldwide in graphic design, which enjoys high reputation internationally.

序

解建军

与芬·尼嘉德接触，最初你会感到他和其他丹麦人一样，温文尔雅、彬彬有礼。但不久，你就会发现他的幽默与活力。

芬·尼嘉德1955年出生于丹麦奥胡斯。在丹麦艺术暨设计学院学习后，1979年他成立了自己的设计工作室，为丹麦和国际众多公司和机构提供招贴、企业识别系统、插图、个性化设计等多项服务。

他获得过多项国际著名设计赛事的大奖，作品被诸多著名博物馆收藏。他还是多类设计指导杂志的焦点，并执教于哥本哈根的丹麦设计学院和 Kolding 设计学校等学术组织和团体。现在，作为 AGI（国际平面设计协会）会员和 MDD（丹麦设计师协会）会员的芬是丹麦无可争议的最杰出的设计家之一。

读他的作品，你不得不被其中流露的自由和智慧所感染。他在一定程度上打破了设计的理性规则，却同时又以他自己的方式建立着规则。不拘一格的表现形式使他能够在多类设计和媒介上自由地发挥。透过那层自由，你可以看到更深层次的理智，或许是斯堪的纳维亚半岛那连空气中都充满了童话和海盗传说的美丽国度，带给芬无限的智慧和创造的力量，而这不恰恰正是设计的本源吗？

目 录
Contents

芬 · 尼嘉德   14
Finn Nygaard

简历   15
Curriculum Vitae

作品   16
Works

麦文 · 科兰斯基对芬 · 尼嘉德的评论   187
Comment By Mervyn Kurlansky

演讲／职务／评委活动   188
Lectures／Teaching positions／Jury member

专访   190
Interview／Represented in:

作品收藏   192
Represented in the permanent collections of:

展览：1994—2001 年   193
Exhibitions: 1994 to 2001

奖项   197
Awards

芬·尼嘉德
Finn Nygaard

Finn Nygaard 1955 年出生于丹麦奥胡斯。经过在一个平面设计工作室实习和丹麦艺术设计学院一段时期的学习之后，他于 1979 年成立了自己的设计工作室。

在从事海报、插图、平面、企业识别系统的设计、壁画以及任丹麦和国际公司色彩顾问期间，他已创作了超过 200 幅海报且多次获奖。

Finn 的作品形式不拘一格，手法丰富，他已在世界主要的艺术画廊及博物馆举办过多次个人设计及插图展，其中不乏作品被永久收藏。如以色列博物馆、丹麦工业博物馆、丹麦海报博物馆、巴黎、美国纽约、匈牙利、芬兰、波兰华沙海报博物馆、圣彼得堡国家博物馆等等。

Finn Nygaard 的作品多次被各种杂志、报纸及书刊介绍，如日本权威设计杂志《理想》，美国的《设计》以及德国的 Novum 的介绍文章《如何在平面设计中表现自我》，《第一选择》。

1990—1995 年，他的工作室成为丹麦设计组织 Cleven Danes 及 EDEN 的合作伙伴。

Finn Nygaard 任教于丹麦哥本哈根设计学院和 Kolding 设计学校，并且经常在专业及学生团体中举办讲座。

Finn Nygaard 是 AGI 及 MDD 会员。

他住在哥本哈根以外的乡村 Fredensborg，那儿有他自己的工作室。在哥本哈根中部，他成立了 A/S 工作室。

Finn Nygaard is born 1955 Aarhus Denmark. After Being trained at a graphic design studio and a danish school of art and design he establishing his own studio Finn Nygaard Design in 1979. Involved in creating posters, illustrations, graphic design and corporated identity programs, mural paintings and colorconsulting for danish and international companies, He has created over 200 posters and recived awards for many of them. Finn Nygaard's works in a variety of styles and media and he has had several one-man shows of his designs and illustrations they have been exhibited in major galleries and museums all over the world and weveral of his posters found their way into permanent collections, the Israel Museum, The Danish Industrial Museum, the Danish Postermuseum, Musée de la Publicité Paris, The Merrill C. Berman collection in New York USA, Pecsi in Hungary, Lahti in Finland, Postermuseum Warsaw in Poland, St. Petersburg State Museum, and in Colorado state etc. Finn Nygaard's work has been the subject of numerous magazine, newspaper articles and books."Idea", Japan's leading graphic arts magazine, "Graphis" USA, "Print Magazine" USA, "Novum"in Germany "Who Is Who in graphic design" "First Choice" From 1990-1995 his studio was a partner of the danish design group Cleven Danes and the European Designers Network EDEN. Finn Nygaard has been a member of the faculty at The Danish Design School in Copenhagen and the danish Designschool in Kolding and is a frequent guest lecturer to professional and student groups. Finn Nygaard is a member of AGI Alliance Graphique Internationale and MDD Member of Danish Designers. He lives at the contryside Fredensborg outside Copenhagen where he has his poster atelier and in the middle of Copenhagen he has seated Finn Nygaard Design A/S studio.

简历
Curriculum Vitae

1997年

成为 AGI 会员

1995年

丹麦设计学术委员会会员

1990—1995年

EDEN 哥本哈根合作伙伴（米兰、阿姆斯特丹、柏林、哥本哈根）

1994—1995年

EDEN 董事会成员

1994年

丹麦海报博物馆荣誉会员

1993年

丹麦设计学校学术委员会会员

1992年

丹麦哥本哈根成立平面设计机构

1984年

丹麦设计协会会员

1979年

在丹麦奥胡斯成立 Finn Nygaard 平面设计工作室

1978—1979年

工作于丹麦奥胡斯 Sködt 平面设计工作室

1977—1978年

丹麦 Kolding 设计学校

1973—1977年

在丹麦奥胡斯 Rahbek 平面设计学校学习，同期在奥胡斯美术学院学习

1972—1973年

丹麦奥胡斯商业艺术学校

1997

AGI Member of Alliance Graphique Internationale

1995

Member of the Institute committee,assembly on the Danmarks Designskole

1990-95

Partner of E.D.E.N.The European Designers Network (Milano, Amsterdam, Berlin and Copenhagen) Copenhagen

1994-95

Member of E.D.E.N. Board The European Designers Network

1994

Member of honour at The Danish Posters Museum

1993

Member of the Institute committee, assembly on the College of Danish Design.

1992

Graphic Design Office in Copenhagen, Denmark.

1984

Member of Danish Design, MDD(ICORADA;ICSID and BEDA).

1979

Founded Finn Nygaard Graphic Design in Aarhus, Denmark.

1978-79

Worked at Sködt Graphic Design, Aarhus, Denmark.

1977-78

DK: Designschool Kolding, Denmark.

1973-77

Study at Rahbek Graphic Design, aarhus, Denmark.

Periods at Aarhus Academy of Fine Arts.

1972-73

School of Commercial Art, Aarhus, Denmark.

作品
Works

Finn Nygaard 招贴展海报

丹麦 1989 年

尺寸：40 × 140 cm

Poster for exhibiton

of Finn Nygaard posters

Denmark 1989

Size: 40 × 140 cm

AARHUS FESTUGE 25 ÅRS JUBILÆUM 1.-10. SEPTEMBER 1989

AARHUS FESTIVAL. AARHUS DENMARK SEPTEMBER 1.-10. 1989

1989 年 25 周年－奥胡斯节日周

尺寸：70 × 100 cm

Aarhus Festival Week

25 years anniversary '89

Size: 70 × 100 cm

Aalborg 节日周

丹麦 1992 年

尺寸：70 × 100 cm

Aalborg Festival Week

Denmark 1992

Size: 70 × 100 cm

AALBORG FESTIVAL 14-24 MAJ 1992

NORDJYLLANDS STØRSTE KULTURFEST

广告交流（Reklamebørsen

丹麦 1982 年

尺寸：59.4 × 84 cm

Reklamebørsen

Advertisement Exhange

Denmark 1982

Size: 59.4 × 84 cm

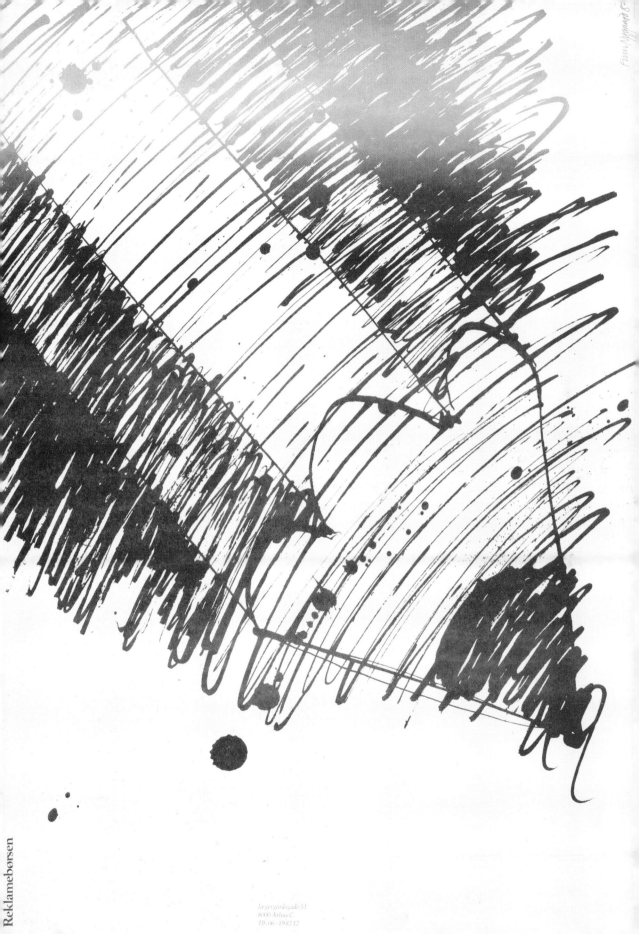

P.K.A.救济基金年册封面

1990 年

Front cover. Annual Raport

For P.K.A. Rension

Amnesty International T 恤

Amnesty International T-Shirt

1990

(Pension fund)

Pensionskassen for Kontorfunktionærer 1990
ved Institutioner under Amtskommunerne m.v.
Beretning og regnskab

Pensionskassen for Jordemødre 1990
Beretning og regnskab

Pensionskassen for Hospitalslaboranter 1990
Beretning og regnskab

Pensionskassen for Socialrådgivere og Socialpædagoger 1990
ved Institutioner under Amtskommunerne m.v.
Beretning og regnskab

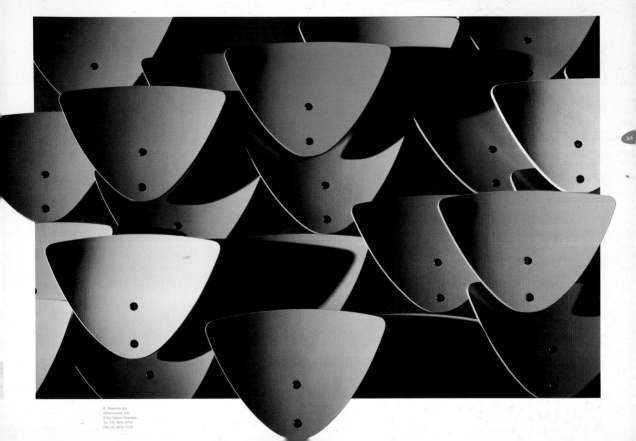

R. Randers a/s
Rådhusgade 100
8300 Odder Denmark
Tel +45 8654 0766
Fax +45 8654 1528

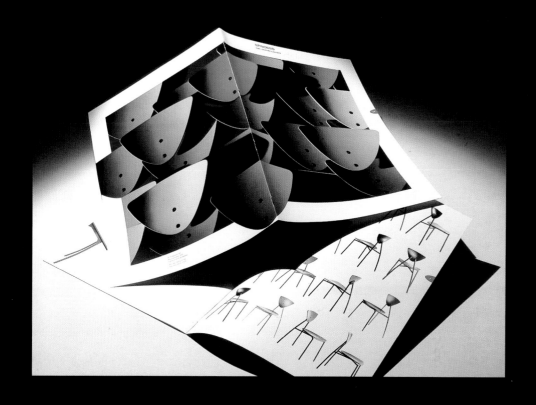

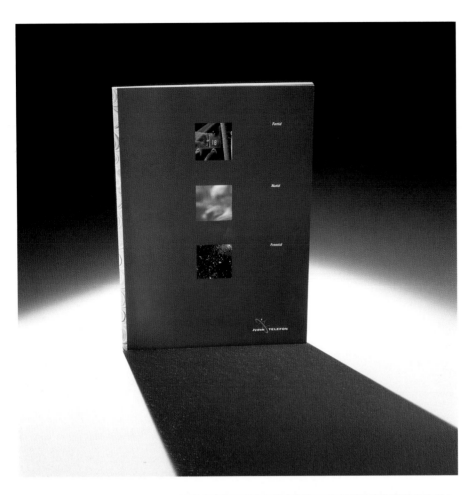

Randers 家具厂朱特岛电话服务手册
Randers furniture factory brochures for
Jutland Telephone scrvice

Randers 内页
Randers opening

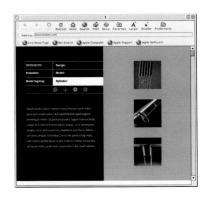

Randers 网页设计

Web design Randers IT supply

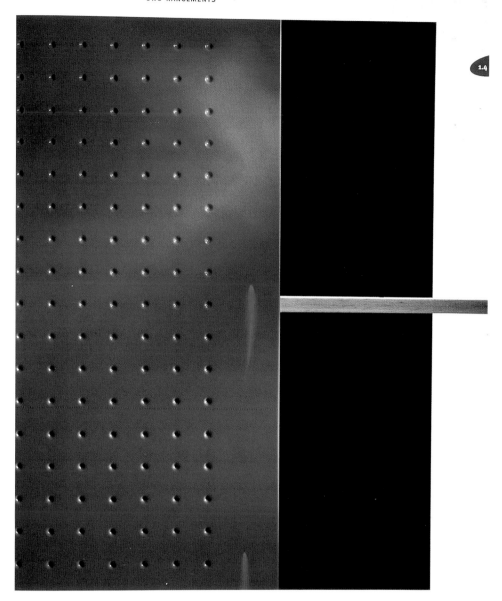

1.4

en film af Merete Borker

Abort

et rusomt valg

电影海报 中止－可爱的选择

(Abortion)

Abortion-a lovely choise   玻璃桌

Movie Poster   Glass table

1:1

DANSK PLAKATMUSEUM

1:1 标志

丹麦海报博物馆标志

Logo for 1:1

Logo for Danish Poster Museum

丹麦1996年摄影展（时尚）

Mode (fashion)

Photo Exhibition

Denmark '96

MODE

Udvikling & omvæltning

En udstilling med modefotografi
29. MARTS TIL 23. JUNI 1996

Tirsdag til fredag 13.00 - 19.00. Lørdag, søndag og

helligdag 11.00 - 17.00. Mandag lukket

Portalen i Greve, Køge Bugt Kulturhus, Portalen 1,
2670 Greve. S-tog til Hundige station

Udstillingen er blevet til i samarbejde med
Fotofest International, Houston, Texas
og The Staley-Wise Gallery i New York.

Foto: Wayne Maser Plakat: Finn Nygaard MOD

33

Nul Sex Revue

丹麦 1996 年

尺寸：59.4 × 84 cm

Nul Sex Revue

Denmark 1996

Size: 59.4 × 84 cm

法国 1987 年戏剧节

尺寸：70 × 100 cm

Les Larmes Du Rire

Theatre Festival '87 France.

Size: 70 × 100 cm

画上画 1996 年

Picture on Picture 1996

斯堪的纳维亚爵士音乐节

丹麦 1991 年

尺寸: 70 × 100 cm

Nordisk Jazz

Scandinavian Jazz

Denmark 1991

Size: 70 × 100 cm

香烟海报 1 — 4

1992 年

Posters for Cigaret

1992

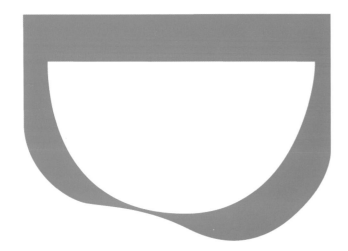

VM·KV 1989 DANMARK

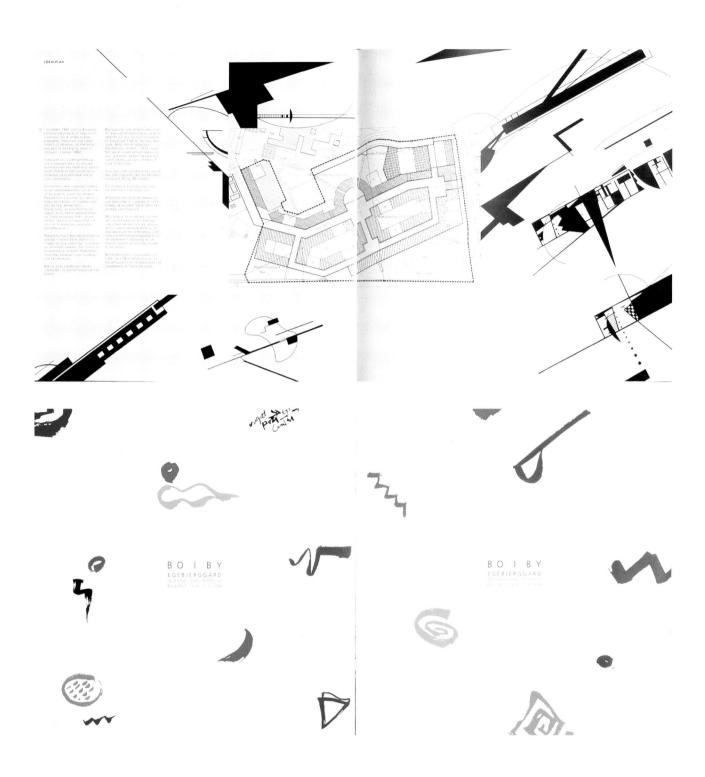

BR 玩具公司标志

Logo for BR toys

Danova 测量公司标志

Logo for Danova measurement company

世界女子手球赛1989

WM-89 Sportsgame Handball

© Fritz Aggaard

花

丹麦 1998 年

尺寸：70 × 100 cm

胶印

Bøg Madsen

Flowers

Denmark 1998

Size: 70 × 100 cm

Offset

Bøg Madsen 墙纸装饰

Bøg Madsen - Plantfirm

Bøg Madsen wall Oecorntum on paper

Bøg Madsen 目录

Bøg Madsen Catalog

Bøg Madsen 册子

Bøg Madsen brochure

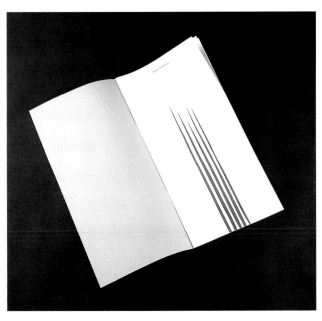

Bøg Madson 墙体构成
Bøg Madsen ceramik wall
construction 1985

Fredensborg 城堡园景

Fredensborg Castle Parkview

P.K.A.手册封面

PKA Brochvne Front cover

朱特岛歌剧海报

尺寸: 59.4 × 84 cm

Opera: Drot og Marsk

The Jutland opera

Denmark

Size: 59.4 × 84 cm

歌剧 Flagermusen 海报

尺寸: 59.4 × 84 cm

Opera: Flagermusen

Den Jyske Opera

Denmark

Size: 59.4 × 84 cm

Scheel + Orloff

Sheel Orloff 房地产代理公司标志

Logo for Sheel Orloff Estate agent

丹麦自由党派标志

Logo for the Danish Liberal Party,

Venstre

IT 业标志

Logo for Support Partner IT supply

丹麦政府资助创业计划标志

Logo for Vekstfonden investment

company

VÆKSTFONDEN

ØRESUND

瑞典－丹麦大桥海报

丹麦 1994 年

尺寸：70 × 100 cm

胶印

Öresund

Øresunds konsortiet

Denmark 1994

Size: 70 × 100 cm

Offset

丹麦－瑞典大桥手册

Oeresunds Konsorgiet

丹麦－瑞典大桥标志

Logo for Oeresund Konsortiet

Bridge between Denmark and Sweden

Støvring Højskole

丹麦消费者信息
Danishe consumer information

中学杂志封面设计
Støvring High School
magazine frontcover
Varefakta

设计师的周末海报
1994 年
Designers Saturday poster 1994

DESIGNERS´ SATURDAY

Lørdag den 7. maj 1994

雕塑

Sculpture

运输公司

1983 年

尺寸：**59.4 × 84 cm**

Frode laursen Transport

Truck company

1983

Size: **59.4 × 84 cm**

VOGNMAND FRODE LAURSEN VITTEN

DK-8382 HINNERUP TLF. 06 - 98 55 22

VOGNMAND FRODE LAURSEN VITTEN

- VI KØRER STORT

DU BESTEMMER SELV ...

HVOR SKABET SKAL STÅ ...

FRODE LAURSEN VITTEN

DET KAN DU STOLE PÅ ...

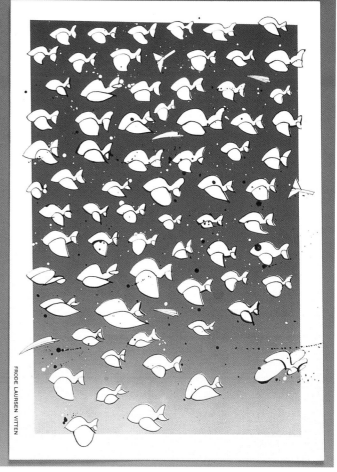

FRODE LAURSEN VITTEN

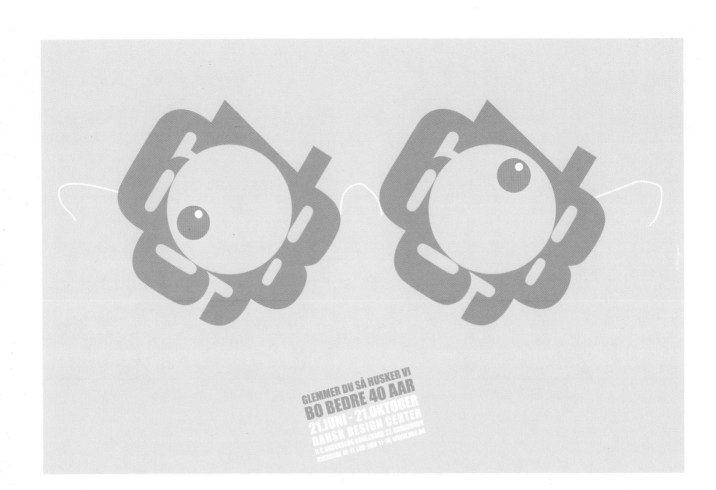

GLEMMER DU SÅ HUSKER VI
BO BEDRE 40 AAR
21 JUNI - 21 OKTOBER
DANSK DESIGN CENTER
H C ANDERSENS BOULEVARD 27, KØBENHAVN
HVERDAGE 10-17, LØR-SØN 11-16, WWW.DDC.DK

IF YOU FORGET, WE'LL REMEMBER
BO BEDRE 40 YEARS
21 JUNE - 21 OCTOBER
DANISH DESIGN CENTRE
H C ANDERSENS BOULEVARD 27, COPENHAGEN
WEEKDAYS 10-17, SAT-SUN 11-16, WWW.DDC.DK

BAKⲦⲦANN

贝克曼标志
Logo for Bakmann

贝克曼旅行背包
Bakmann Rucksack

贝克曼自行车
Bakmann bycicle

贝克曼车体
Bakmann car

贝克曼网页设计

Web design Bakmann IT supply

「フィン・ニガルドのヴィジュアル・ヴォイス」

Finn Nygaard 展開催

Visual Voice

 IdcN

会期＝2002年5月9日（木）〜19日（日）◎会期中無休
時間＝11:00〜20:00（最終日も同じ）
会場＝国際デザインセンター4階・デザインギャラリー ◎入場無料
主催＝（株）国際デザインセンター

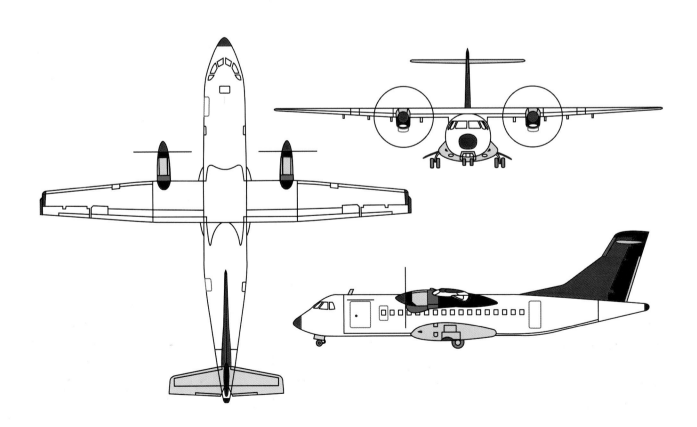

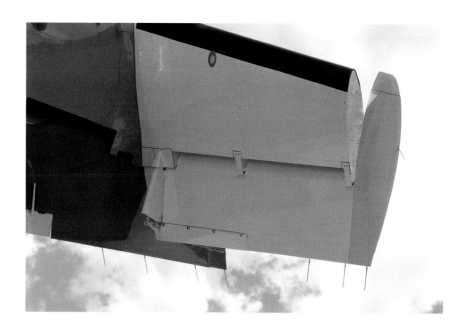

丹麦航空标志

Logo for Danish Air Transport

丹麦航空运输彩色模式

Danish Air Transport Color setting

丹麦航空运输色彩设计

Danish Air Transpost colour design

EGMONT

Egmont 娱乐公司标志

Logo for Egmont Entertainment world wide

Egmont 年度报告手册

Egmont anual report

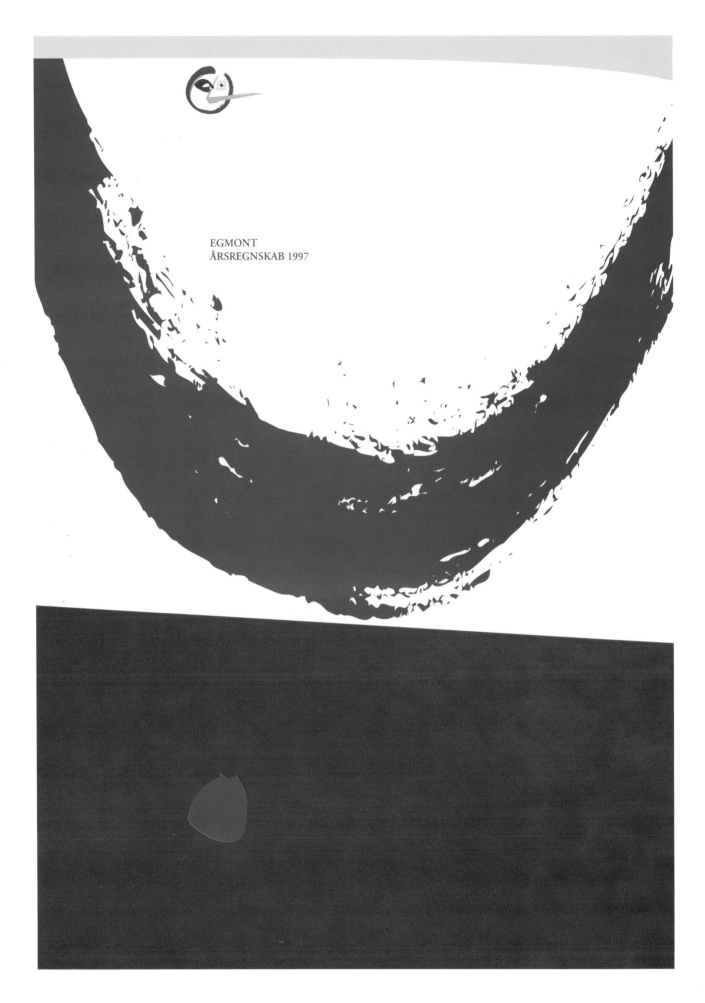

EGMONT
ÅRSREGNSKAB 1997

Egmont 娱乐公司海报

丹麦 1998 年

尺寸: 70 × 100 cm

胶印

Egmont Intertainment

Denmark 1998

Size: 70 × 100 cm

Offset

Egmont 包装 1992 年

Egmond 1992

Egmont 1992 设计手册

Design Manuels

Egmont 伞

Egmont Umbrellas

Engelbrechts Chairik 产品目录

Engelbrechts Chairik Product Katalog

椅子设计

Design chair by Erik Magnussen color by

Finn Nygaard

Engelbrechts Chairik 桌子产品目录

Engelbrechts Chairik Table Product

Katalog

CHAIRIK 03.1

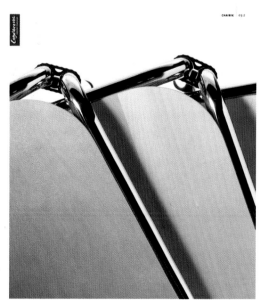

CHAIRIK 03.2

TABLO 02.0

Engelbrechts Foyer 产品目录

Engelbrechts Foyer Product Katalog

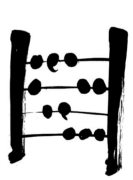

Engelbrecht 内页

Engelbrecht opening

Engelbrechts 报价单

Engelbrechts Price List

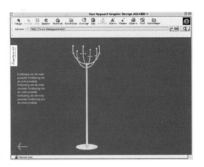

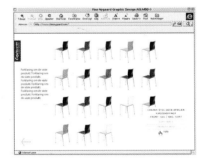

Engelbrechts 网页设计

Web design Engelbrechts IT supply

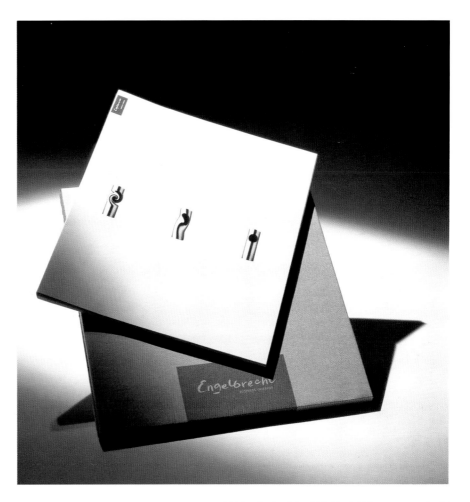

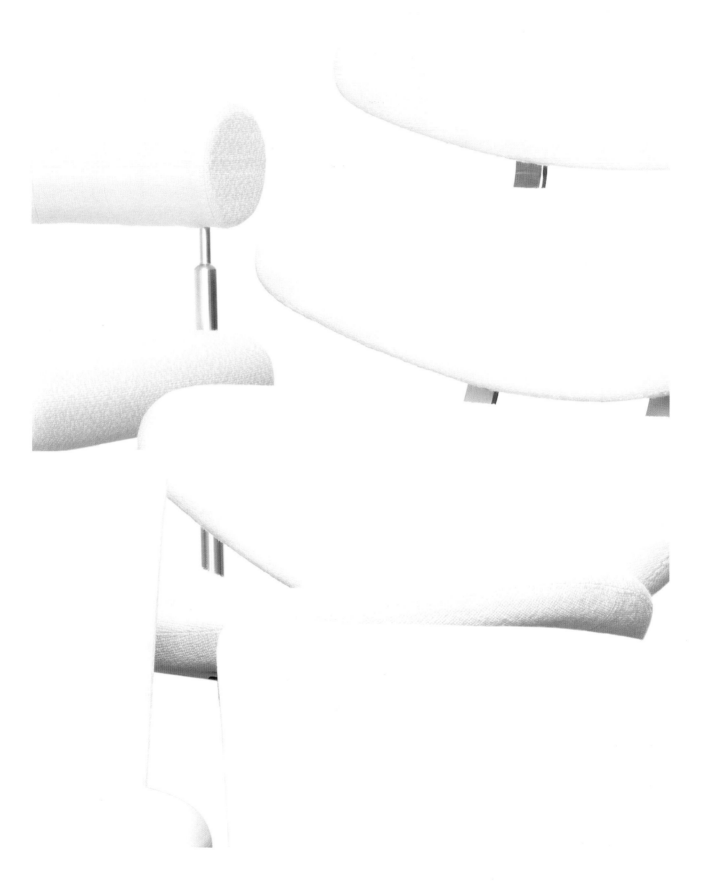

Erik Joergensen 家具产品目录

Erik Joergensen furniture product

catalogue

Jens Winter CD 及封面

Jens Winter CD & CD-Cover

哥本哈根商业学校 1994 年 年度报告手册
Copenhagen Business School annual
report 1994

哥本哈根商业学校 1995 年 年度报告手册
Copenhagen Business School annual
report 1995

RESTAURANT KASTRUP STRANDPARK

沙滩公园餐厅标志

1990 年

Restaurant Kastrup

Strandpark logo

Beach Park logo

1990

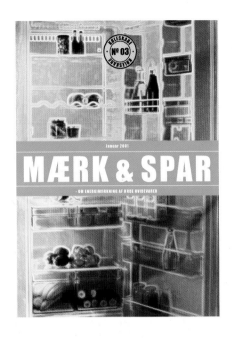

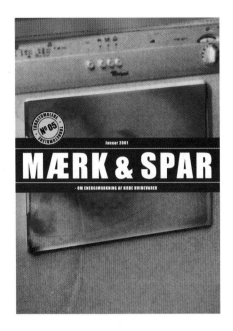

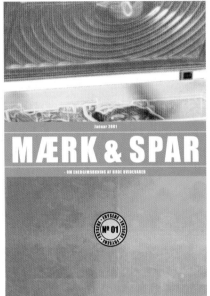

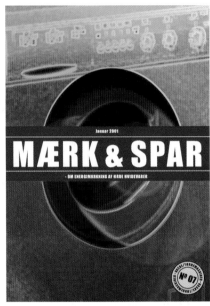

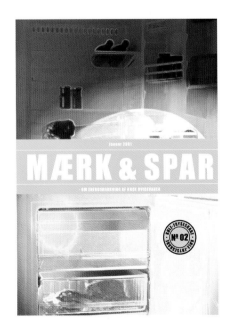

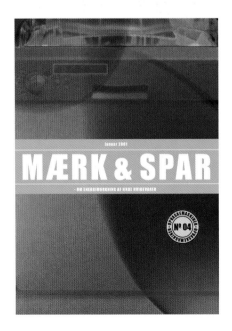

丹麦 Maerk & Spar 杂志

封面

Energistyrelsen frontcover magazine

Denmark 'Maerk & Spar'

Januar 2001

MÆRK & SPAR

- OM ENERGIMﬁRKNING AF H RDE HVIDEVARER

丹麦与瑞典之间铁路列车车体外观设计
（丹麦 2000 年设计奖）
Oeresundstraine. Train Between
Denmark and Sweden exterior design
(Danish Design Prize 2000)

丹麦与瑞典之间铁路列车车体内部玻璃
设计（丹麦 2000 年设计奖）
Oeresundstraine. Train Between
Denmark and Sweden Interior glass
design (Danish Design Prize 2000)

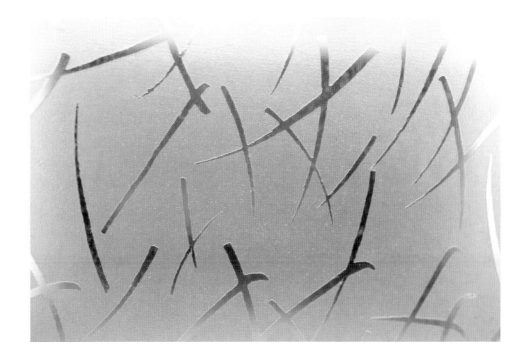

PICNIC

Om picnickulturen "Picnic" er et ord, som vækker mange associationer og erin-
dringer. Man tænker på en søndagsudflugt i naturen, i offentlige parker og haver,
og på at spise og drikke i fællesskab under åben himmel. Ordets oprindelse hen-
ligger ganske vist i det dunkle. Det optræder første gang i Frankrig i slutningen af
det 16. årh. som "pique-nique" og bliver først optaget i engelsk i det 18. årh.
Oprindeligt betegnede "picnic" et fællesgilde, hvor hver enkelt deltager med-
bragte en del af drikkevarerne og maden og lod disse tilberede af en kok. I de
gamle rejsehåndbøger, som udkom i stort tal fra det 17. årh. og fremefter, blev der
igen og igen henvist til de uvurderlige fordele ved picnickurven eller picnickuffer-
ten. Allerede på dette tidlige tidspunkt medførte velhavende og adelige rejsende
undervejs i privatkaret en mobil borddækning, som bestod af servietter, knive,
gafler, skeer, glas, salt- og peberbøsser m.m. De såkaldte picnickufferter var et
statussymbol, som gjorde det muligt at opretholde en eksklusiv madkultur og at
distancere sig fra det "gemene folk" ved poststationer og i værtshuse.

Picnic i offentlige parker og haver synes allerede omkr. 1800 at have nydt en sær-
lig popularitet. Det hænger tydeligvis sammen med den europæiske urbanise-
ringsproces, som satte ind på dette tidspunkt, og som i tiltagende grad fortræng-
te naturen fra de voksende byer. Det var derfor netop byboerne, som opdagede
naturens skønhed og begav sig ud i det grønne om søndagen. Offentlige parker,
som f.eks. Frederiksberg Have i København blev til yndede udflugtsmål, hvor
byfolket blandede sig med hinanden og så at sige skabte en scene, hvor man
kunne se og lade sig se. Fra en nutidig betragtning sørgede mangen på udflugts-
mål også for delvis bizarre picnic-udflugtssteder, som f.eks. Assistens Kirkegård
på Nørrebro, hvor befolkningen ikke blot spadserede rundt, men bredte de med-
bragte madkurves indhold med tilhørende punch ud på gravstenene. Denne skik
tog åbenbart så meget overhånd, at den måtte forbydes i 1805.

DDC

1. Deltagelse
I konkurrencens 2. fase deltager fem hold, som juryen har udvalgt blandt de team, der meldte sig til prækvalifikationsrunden. Hvert hold modtager et honorar på 75.000 kr.

2. Konkurrencens grundlag
Konkurrencens grundlag er dens program samt nærværende konkurrencetekniske betingelser.

3. Forslagets omfang
Projektmaterialet skal redegøre for helhedstænkningen samt de væsentligste dele af konkurrenceforslaget ved:
• Tegninger i skala 1:1, 1:2, 1:5, 1:10, evt 2:1 (det er tilladt at vælge den eller de skalaer, der passer forslagsstilleren bedst)
• Model(ler) eller mock-ups.

Dette ønskes belyst ved:
• Otte plancher i format bredde 420 mm, højde 400 mm.
• Eller ved hjælp af to plancher i bredde 860 mm, højde 820 mm.

Modeller efter eget valg. Materialet kan suppleres med et tekst- og tegningshæfte i format A4 og/eller en elektronisk præsentation.

4. Udførelse
Konkurrenceforslaget skal være anonymt og ikke tidligere offentligt gjort. Samtlige emner og bilag mærkes med en af deltageren selvvalgt kode af følgende type: To bogstaver efterfulgt af fem tal, f.eks. AB 12345.

En konkurrencedeltagers brud på anonymiteten udelukker fortsat deltagelse i konkurrencen. Ønsker en konkurrencedeltager, hvis hans forslag ikke præmieres, at opretholde sin anonymitet, skal svarkuverten forsynes med et stort rødt kryds og ledsages af en lukket kuvert, som indeholder den adresse, hvortil projektet ønskes returneret.

5. Spørgsmål til konkurrencen
Forespørgsler i forbindelse med konkurrencens 2. fase må kun skriftligt indhentes gennem Dansk Design Center, som forelægger spørgsmål i anonym afskrift for konkurrenceudskriveren eller juryen.

De fem hold vil 14 dage efter spørgefristens udløb modtage skriftligt svar på de spørgsmål, der skønnes at have interesse for alle.

6. Indlevering
Indlevering af projekter/modeller: Senest d. 01. aug. 2001 kl. 16.00 til

Dansk Design Center
H C Andersens Boulevard 27
1553 København V.

Forsendelsen skal på forsiden være mærket med:
• Forslagets kode
• Konkurrencens navn: Picnic

Såfremt forslag sendes pr post, skal de være poststemplet senest d. 01. aug. 2001.

7. Navneseddel
Med forslaget skal indleveres en uigennemsigtig lukket kuvert, udvendigt forsynet med deltagerens kode og indeholdende en navneseddel med forslagsstillerens navn, adresse og telefonnummer.

8. Jury
Forslagene vil blive bedømt af en jury med den sammensætning, der er anført i konkurrencens program.

Juryen har ret til yderligere at indkalde særligt sagkyndige. Det forudsættes, at disse ikke direkte eller indirekte har medvirket i konkurrencen.

9. Bedømmelse
Konkurrencens resultat offentliggøres medio oktober 2001.

10. Præmiering
Der vil blive uddelt en præmiesum i fase 2 på i alt 200.000 kr (ud over 75.000 kr i honorar til hvert af de fem hold). Præmiesummen fordeles efter juryens beslutning.

11. Udvikling af brugbare modeller.
Juryen udvælger blandt de præmierede projekter forslag, som skal videreudvikles til brugbare modeller. Der vil kunne ydes 250.000 kr til rådighed for fremstillingen af modellerne.

12. Udstilling
Konkurrenceudskriveren og Dansk Design Center har ret til at udstille og/eller publicere de fem forslag fra konkurrencens anden og tredje fase.

13. Forsikring
Forslagene vil fra modtagelsen til bedømmelsens afslutning blive brandforsikret for et beløb på 3.000 kr pr forslag. Al anden forsikring er konkurrenceudskriveren uvedkommende. Der vil ikke kunne ydes erstatning for mulig beskadigelse af det indkomne materiale.

14. Rettigheder
1. Plancherne med de præmierede forslag tilhører konkurrenceudskriveren.
2. Ophavsretten forbliver dog hos forslagsstilleren.
3. Konkurrenceudskriveren ser gerne, at et eller flere af de præmierede projekter kommer i produktion, men er ikke forpligtiget til at sikre dette. Juryen kan, i det omfang det er muligt, rådgive vinderne af konkurrencen om evt. produktmodning af projekterne.

野餐 丹麦设计中心竞赛封面

Picnic

Danish Design Center competition

frontcover

野餐 丹麦设计中心竞赛

Picnic

Danish Design Center competition

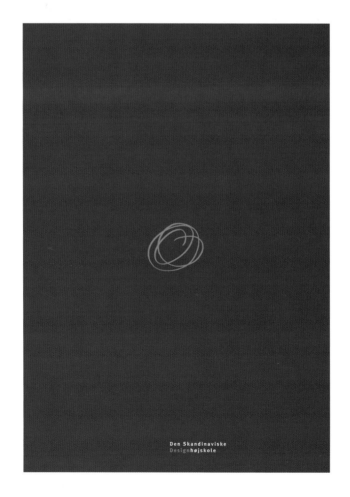

Den Skandinaviske
Designhøjskole

斯堪的纳维亚设计学校 标志

Logo for Scandinavian Designschool

斯堪的纳维亚设计学校 封面

Scandinavian Design School

Front cover

斯堪的纳维亚设计学校 双页

Scandinavian Design School

Double page

DK	Model 020-1
Kr. 699	Design: Arne Jacobsen

Cocktail-mixeren er en del af Stelton's Cylinda-Line, tegnet af arkitekt Arne Jacobsen. Serien består af femogtredive stykker brugskunst i rustfrit stål med et stramt, logisk og funktionelt udseende.

Telefon 39 62 30 55 www.stelton.com

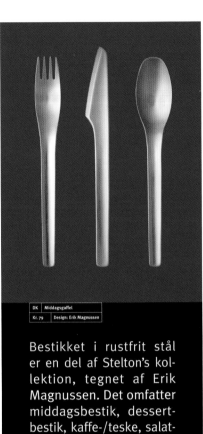

DK	Middagsgaffel
Kr. 79	Design: Erik Magnussen

Bestikket i rustfrit stål er en del af Stelton's kollektion, tegnet af Erik Magnussen. Det omfatter middagsbestik, dessert-bestik, kaffe-/teske, salat-bestik, opøserske, sauce-ske, serveringsgaffel og serveringsske.

Telefon 39 62 30 55 www.stelton.com

DK	Model 581
Kr. 249	Design: Erik Magnussen

Krydderikværne og salt- og peberkværne er dele af Stelton's kollektion, tegnet af Erik Magnussen. Det keramiske kværnværk er hårdere end metal og kan ikke ruste. Det kværner næsten alt, salt, krydderier og tørre krydderurter. Præcis dosering takket være trinløs indstilling. Telefon 39 62 30 55 www.stelton.com

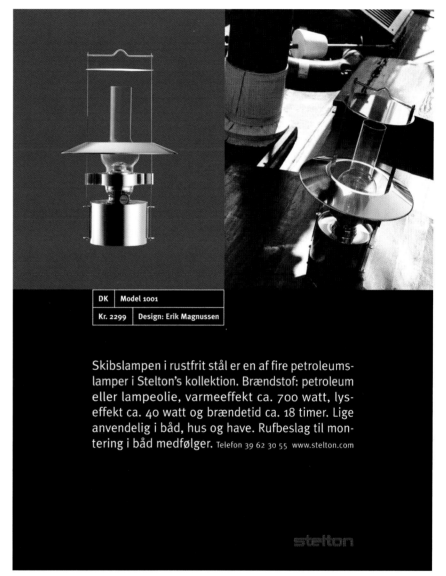

DK	Model 1001
Kr. 2299	Design: Erik Magnussen

Skibslampen i rustfrit stål er en af fire petroleums-lamper i Stelton's kollektion. Brændstof: petroleum eller lampeolie, varmeeffekt ca. 700 watt, lyseffekt ca. 40 watt og brændetid ca. 18 timer. Lige anvendelig i båd, hus og have. Rufbeslag til montering i båd medfølger. Telefon 39 62 30 55 www.stelton.com

Stelton 产品设计

Stelton design product

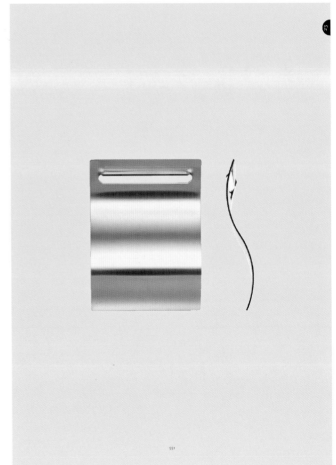

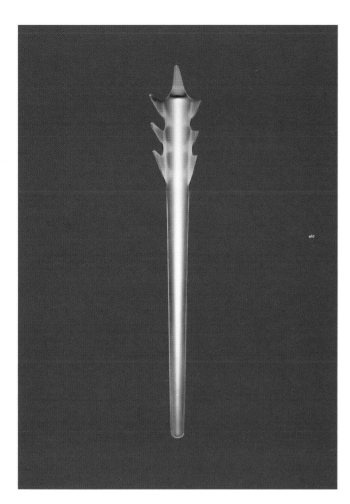

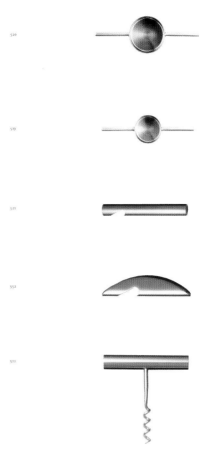

520

519

521

552

522

023-1

020-1

016-1

039-1

035-1

05-1
05-2

05-3

Stelton 产品设计 产品目录 双页〔见 88–
89 页〕
Stelton design product
Product catalogue
double page

Stelton 设计产品目录〔封面〕
〔1999 年丹麦设计协会 IG 设计奖及 1999
年伦敦 Donside 奖〕
Stelton design product catalogue
Product (Danish Design Council's IG
design price 1999 and The Donside
Award London 1999)
Catalogue cover

Stelton 网页设计 首页
Stelton website Start page

Stelton 网页设计 产品
Stelton website Product

Stelton 网页设计 产品
Stelton website Product

Stelton 网页设计 Stelton 介绍
Stelton website
Storry about Stelton

Stelton 网页设计 产品技术
Stelton website
Product tecnique

Stelton 设计师介绍
Stelton designers information

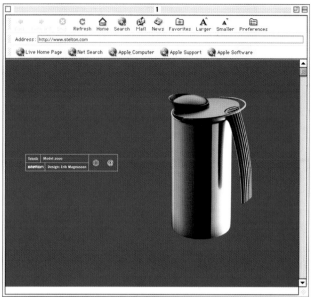

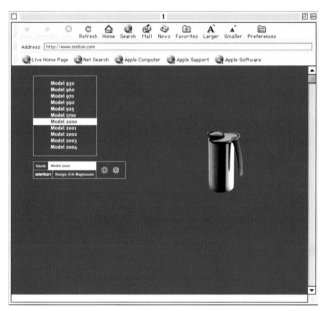

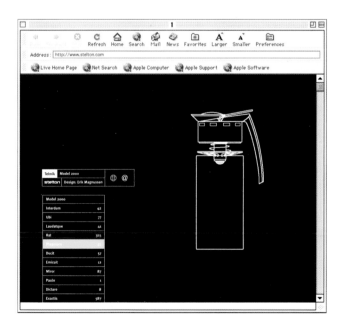

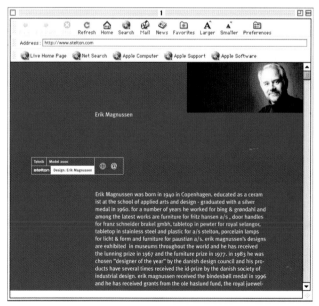

Novum 一本德国杂志写道：

Stelton 表达了清晰的形式

许多丹麦企业的成功基于简洁、鲜明的设计思路。有些企业的成功得益于著名的设计师 Arne Jacobsen。使 Stelton 走上成功之路的便是他于 1967 年设计的圆柱体形状的不锈钢系列餐具。

但是直到 1998 年，Stelton 才决定从外面聘请一位平面设计师。他们选择了 Finn Nygaard。作为一名海报设计师，1997 年第 9 期的 novum 中对他的介绍给人留下了深刻的印象。他指出，对 Stelton 视觉节奏和乐感的应用，和他的海报设计并没有本质的不同。Finn 一直坚持自己独特的视觉设计思路，他宁愿别人说他固执，也不愿意折衷自己的设计观念。对于 Stelton 来说，Finn 的设计意味着简洁、清晰和逻辑。在 26 页的产品目录手册中，包括两种数码照片：灰色调的产品图片及外景拍摄的黑白照片。铁制品是黑白的，一种彩色塑料的真空状态的大杯子的造型是引人注意的特例。

少量的文字描述加强了视觉冲击。正如谚语所说"不应以一本书的封面评价其价值。"书的封面用了一些生锈的铁盘子的特写镜头，和 Stelton 光滑细腻的产品特色形成对比，从而造成了强烈的视觉反差。与产品目录风格一致的是广告宣传，也是其国际比赛作品的一部分。网页设计仍然延续了他简洁理性化的风格，Stelton 把工作委托给 Finn 的时候，给了他充分的自主权。Stelton 承认，自从导入了卓越的视觉系统以后，公司形象提升到了一个全新的高度。去年，Stelton 视觉形象获得了丹麦设计协会 IG 奖和 1999 年伦敦 Donside 奖。

Novum a German magazine wrote :

Stelton Expresses Clarity of form

The success of many Danish businesses is based on a single brilliant design idea. Some rely on the famous architect, Arne Jacobsen. What set Stelton on its road to commercial success was the Cylinda-Line of stainless steel tableware, which he designed in 1967.

But it was not until 1998 that Stelton decided to collaborate with an external graphic designer, and they chose Finn Nygaard, featured in novum 9/97 as a poster artist. The rules of visual rythm and composition applied to Stelton-he points out - are no different from his poster design. Finn is what keeps his creativity going. He rather be called stubborn than make compromises on the visual ideas. In Stelton's case, it is clarity and logic. The 26-page catalogue includes two types of digital photos: cut-out half-tone product pictures, and black & white shots on-location. The steel products are monochromatic, a colourful plastic vacuum jug, being a notable exception.

Aminimum of text underlines the visual impact. "One should not judge a book by its cover", the saying goes, as if it had this publication in mind. In contrast to the well-polished character of the Stelton product-range, it features a close-up of some rusty steel plates on its cover. So there's a visual pun for you! Consistent with the style of the catalogue are also the ads, that are part of an international campaign. And so is the design of the Web sites, with applies the simple logic, in which Stelton allowed Finn Nygaard a free hand, when entrusting him with the job. Since introducing the remakable visual material, the company must admit to having gained an altogether new dimension to its design profile. Last year, it received the Danish Design Council's IG Prize and The Donside Award London 1999)

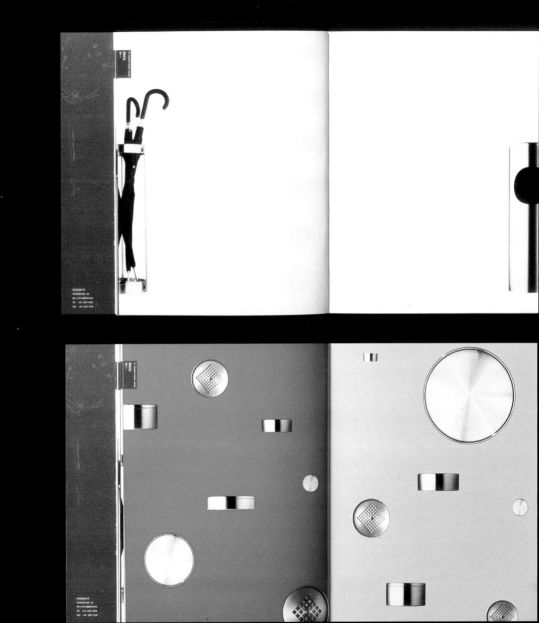

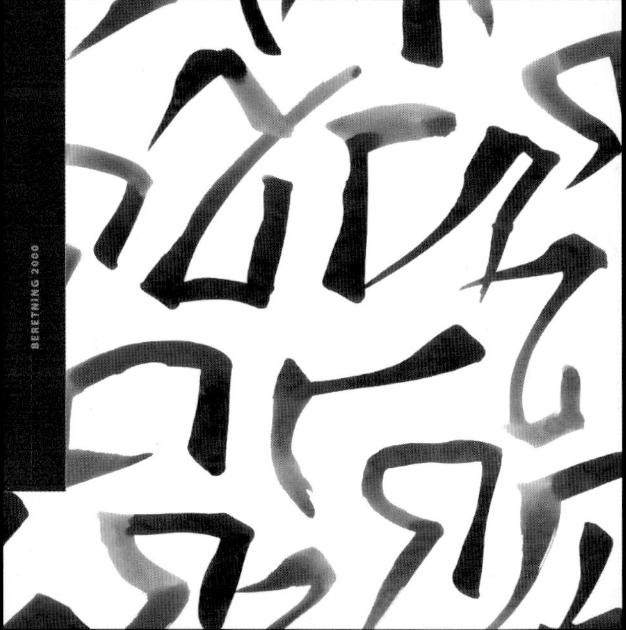
BERETNING 2000

Statens Kunstfond 1999 年年度报告手册

(政府艺术基金)

STATENS KUNSTFOND BERETNING 2001

STATENS KUNSTFOND BERETNING 1999

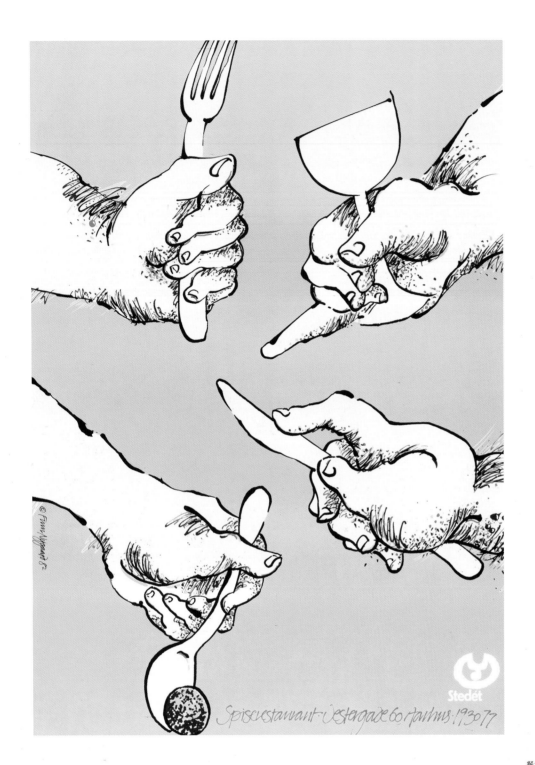

餐馆海报

丹麦 1979 年

尺寸：84 × 59.4 cm

胶印

Restaurant Stedet

Denmark 1979

Size: 84 × 59.4 cm

Offset

泉－钢笔

Fountain-pens

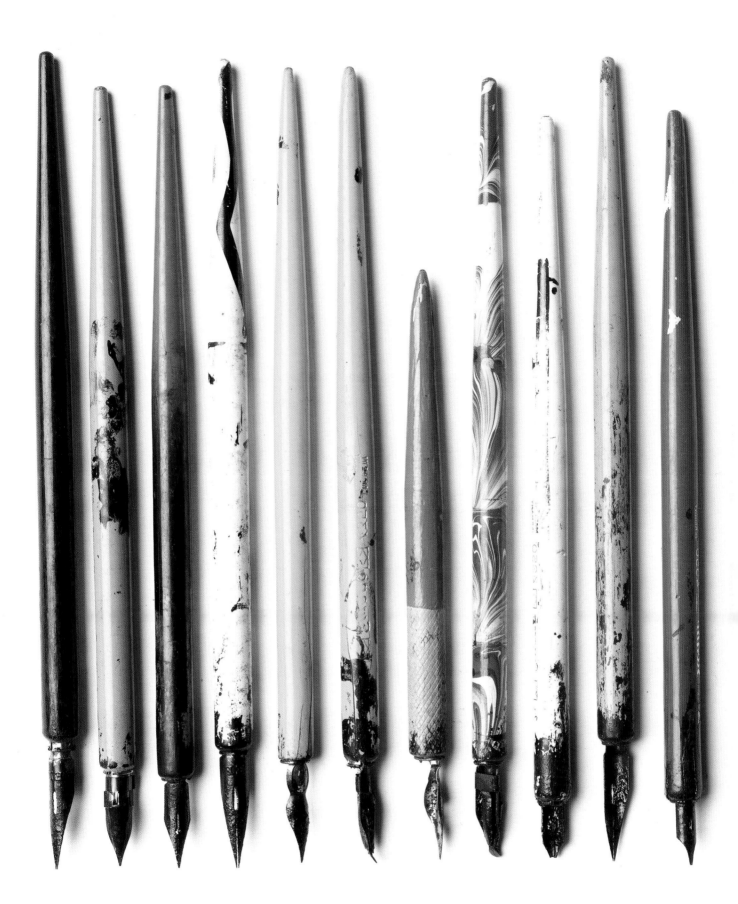

Zanders 日历设计

Layout Zanders calender

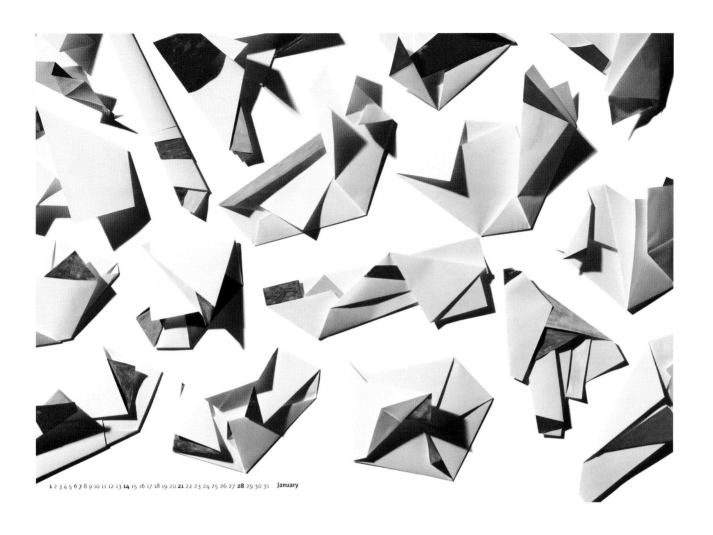

1 2 3 4 5 6 7 8 9 10 11 12 13 **14** 15 16 17 18 19 20 **21** 22 23 24 25 26 27 **28** 29 30 31   January

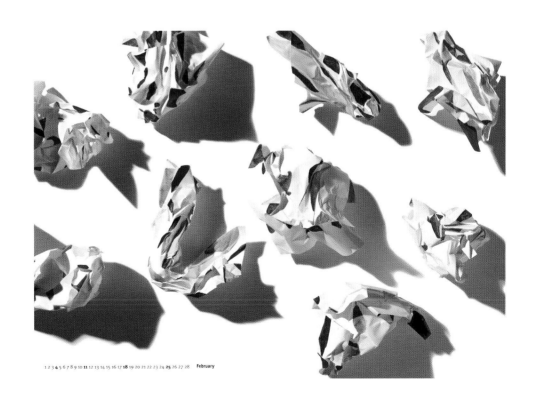

1 2 3 **4** 5 6 7 8 9 10 **11** 12 13 14 15 16 17 **18** 19 20 21 22 23 24 **25** 26 27 28   February

1 2 3 5 6 7 8 9 10 11 12 13 14 15 16 17 18 19 20 21 22 23 24 25 26 27 28 29 30　June

1 2 3 4 5 6 7 8 9 10 11 12 13 14 15 16 17 18 19 20 21 22 23 24 25 26 27 28 29 30　April

Arkitekter Regnbuen 海报

丹麦 1989 年

尺寸: 140 × 70 cm

胶印

Arkitekter Regnbuen

Denmark 1989

Size: 140 × 70 cm

Offset

Hommage à Henri Toulouse-Lautrec

19. september 2002 - 5. januar 2003

© Finn Nygaard

TRAPHOLT

Trapholt · Æblehaven 23 · 6000 Kolding · Telefon 76300530 · www.trapholt.dk

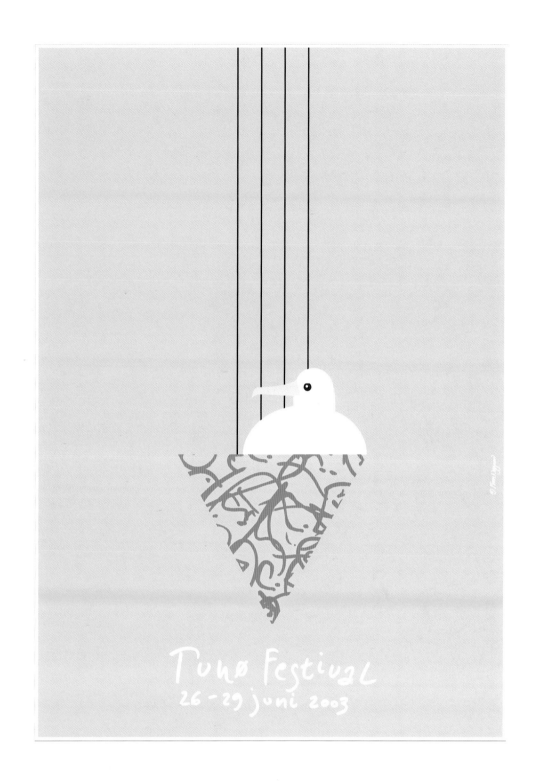

JAZZ

14 TH AARHUS INTERNATIONAL
JAZZ FESTIVAL JULY 13-20 2002

www.jazzfest.dk

JAZZ
15TH AARHUS INTERNATIONAL
JAZZ FESTIVAL JULY 12-19 2003

CERES
WWW.JAZZFEST.DK

ÅRHUS KUNSTBYGNING 7-29 OKTOBER 1989 LABYRINT

SOLO NOLO

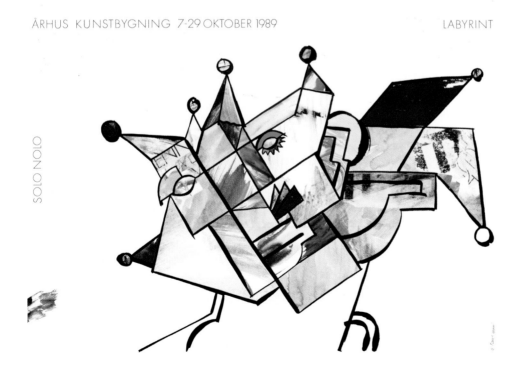

Vester kopi 海报

丹麦 1991 年

尺寸：70 × 100 cm

Vester kopi

25 Years in copy

Denmark 1991

Size: 100 × 70 cm

"Solo Nolo"

丹麦 1989 年

尺寸：59.4 × 84 cm

胶印

Labyrint

"Solo Nolo"

Denmark 1989

Size: 59.4 × 84 cm

Offset

奥胡斯戏剧海报

丹麦 1982 年

尺寸：84 × 59.4 cm

胶印

Aarhus Theatre Store Scene

"Bagtalelsens Skole"

"richard Brinsley Sheridan"

Denmark 1982

Size: 84 × 59.4 cm

Offset

癌症儿童海报

丹麦父母协会

丹麦 1994 年

尺寸: 100 × 70 cm

胶印

Children with Cancer

Danish Parents Society

Denmark 1994

Size: 100 × 70 cm

Offset

奥胡斯节日周海报

丹麦 1981 年

尺寸: 84 × 59.4 cm

胶印

Aarhus Festival Week

"Godspell"

Denmark 1981

Size: 84 × 59.4 cm

Offset

信封设计
Envelope Protekt Høgsgnnnd

Finn Nygaard 艺术海报画廊海报展
德国 1989 年
尺寸：100 × 140 cm
胶印
Finn Nygaard
Poster exhibitions at
Art Poster Gallery
Bad Durkheim Germany
germany 1989
Size: 100 × 140 cm
Offset

Finn Nygaard 艺术画廊展海报
丹麦 1986 年
尺寸：59.4 × 84 cm
胶印
Finn Nygaard at
Art Gallery 1986
Denmark 1986
Size: 59.4 × 84 cm
Offset

FINN NYGAARD   ART POSTER GALLERY 26.6-22.7.1989 BAD DURKHEIM. GERMANY

BEFO SOLCENTER

EM 2002
HANDBALL WOMEN | DENMARK

"鸟蛇"

丹麦 1985 年

尺寸: 70 × 100 cm

丝网印

"BirdSnake"

Denmark 1985

Size: 70 × 100 cm

Silkscreen

世界艺术设计展海报

中国上海 1999 年

尺寸: 100 × 70 cm

胶印

World Art and Design Expo 1999

Shanghai China 1999

Size: 100 × 70 cm

Offset

GOOD MORNING CHINA

中国艺术设计博览会
CHINA INTERNATIONAL ART+DESIGN EXPO. 05-08.5.1999 SHANGHAI
GOOD NIGHT EUROPA

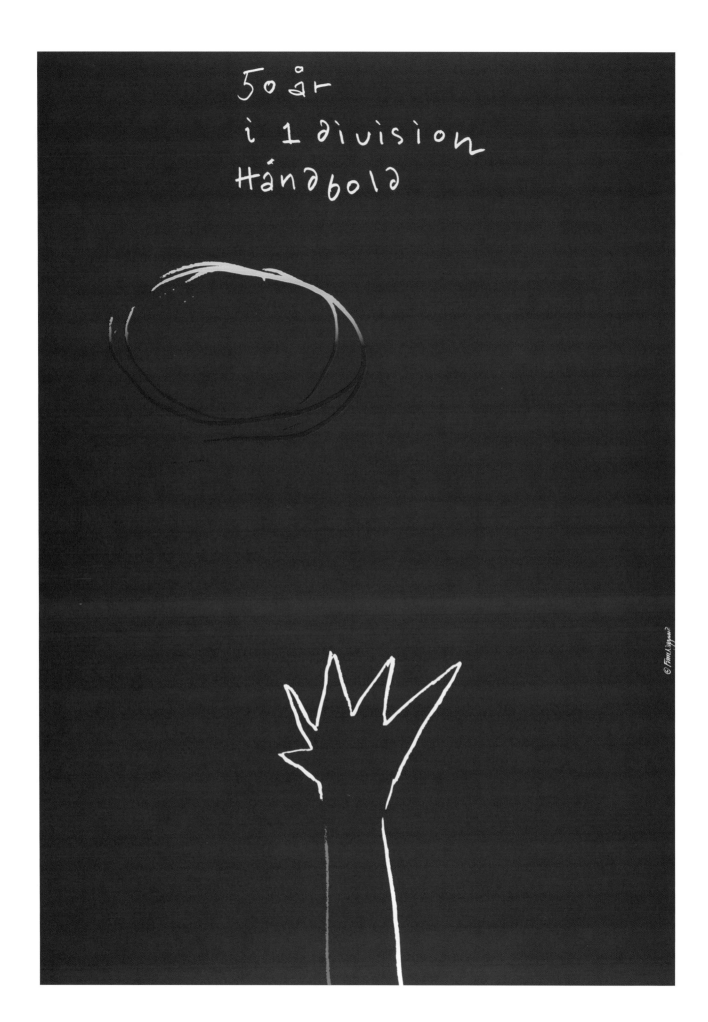

手绘海报

丹麦 1995 年

尺寸：100 × 70 cm

胶印

50 Years in First Division

Handbold Helsingør

Denmark 1995

Size: 100 × 70 cm

和平 2000

"拯救人权" 海报

丹麦 2000 年

尺寸：100 × 70 cm

Peace 2000

Posters for "Save the Human Right"

Denmark 2000

Size: 100 × 70 cm

和平 2000

隐蔽的炸弹

丹麦 2000 年

尺寸：100 × 70 cm

胶印

Peace 2000

Blind bombing

Denmark 2000

Size: 100 × 70 cm

Offset

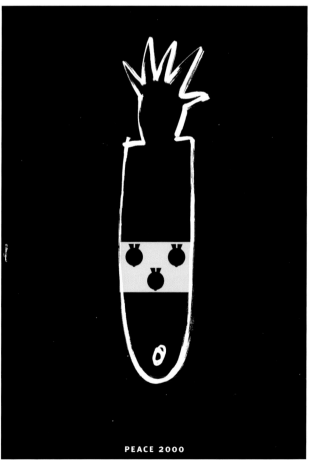

1989 年 Brovst 节海报

丹麦 1989 年

尺寸：84 × 59.4 cm

胶印

Brovst Festival Week 1989

Denmark 1989

Size: 84 × 59.4 cm

Offset

Cappuccino 时尚海报

丹麦 1983 年

尺寸：84 × 59.4 cm

胶印

Cappuccino Fashion

Denmark 1983

Size: 84 × 59.4 cm

Offset

Chrone & Koch EDB 工程制造公司海报

丹麦 1986 年

尺寸：84 × 59.4 cm

胶印

Chrone & Koch EDB

Engineering firm

Denmark 1986

Size: 84 × 59.4 cm

Offset

Crone & Koch edb   Crone & Koch *h*.
Rådgivende ingeniørfirma k.s. FRI

"未来经验"海报

丹麦 1993 年

尺寸: 70 × 100 cm

胶印

Dana Data computer

"Experience with the future"

Denmark 1993

Size: 70 × 100 cm

Offset

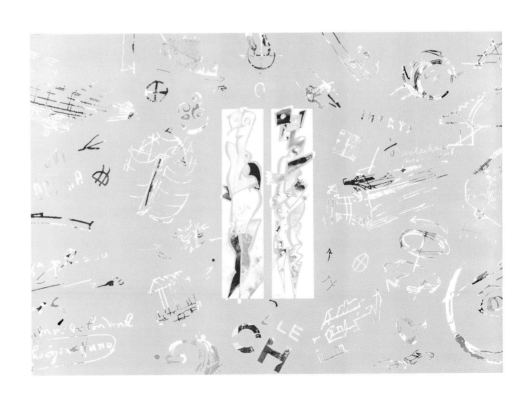

MAGIC *at* 4 *am*

27. 28. 29. 30. juli kl.20⁰⁰

The music of
FREEDOM

Musikhuset Aarhus Store Sal. Sydafrikansk musical af Mbongeni Ngema Billetsalg 8931 8210

奥胡斯音乐厅海报

丹麦 1994 年

尺寸：100 × 70 cm

胶印

Aarhus Music House

Musical Magic at 4 am

Denmark 1994

Size: 1ũ0 × 70 cm

Offset

Finn Nygaard 俄罗斯海报展

俄罗斯 1993 年

尺寸：100 × 70 cm

胶印

Finn Nygaard Poster

Exhibition in Russia

Russia 1993

Size: 100 × 70 cm

Offset

Erik Jørgensen 国际会议海报

丹麦 1993 年

尺寸：150 × 70 cm

胶印

Erik Jørgensen

International Congress

Denmark 1993

Size: 150 × 70 cm

Offset

1994 年无线通讯展海报

丹麦 1994 年

尺寸：100 × 70 cm

胶印

Fredgaard Radio

Radio Exhibitions show 94

Denmark 1994

Size: 100 × 70 cm

Offset

Fredgaard

– VI FLYVER ALTERNATIVT

FRODE LAURSEN FLIGHT SERVICE VITTEN

– VI FLYVER SELV

FINN NYGAARD · PLAKATER · MALERI

BANEGAARDEN · KUNST & KULTUR · AABENRAA · 08. JULI - 13. AUGUST 2000

SAVE THE HUMAN RIGHT

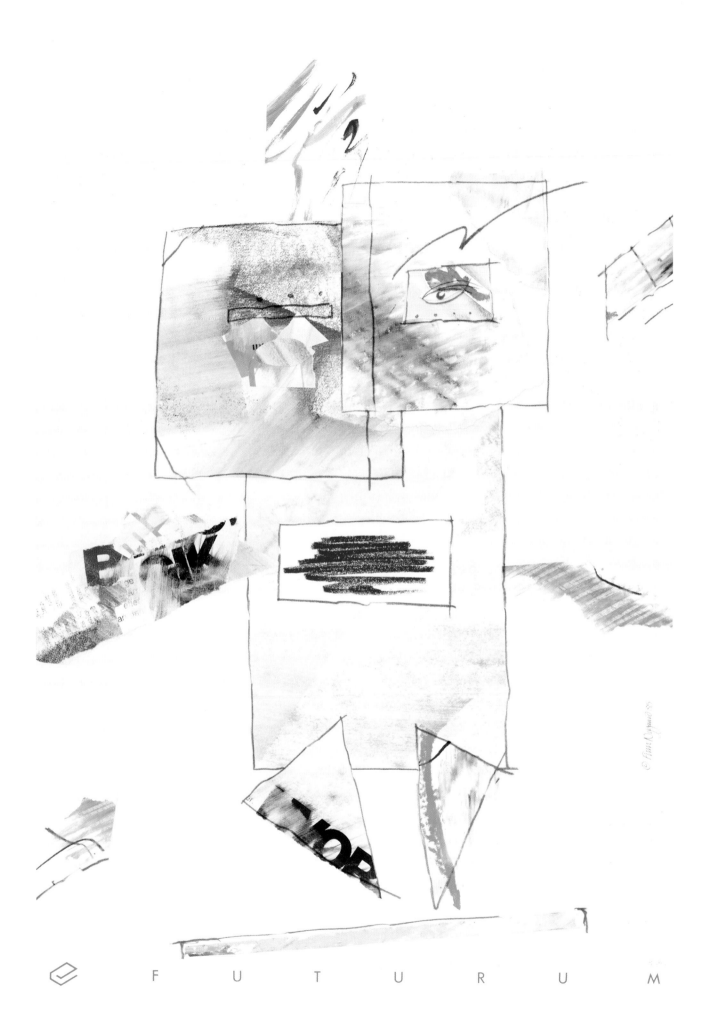

FUTURUM

Futurum 出版社海报

丹麦 1985 年

尺寸: 85 × 59.4 cm

胶印

Futurum Books

Publishing house

Denmark 1985

Size: 85 × 59.4 cm

Offset

"Skaermtrold" 海报

丹麦 1995 年

尺寸: 100 × 140 cm

胶印

Dana Data "Skaermtrold"

Denmark 1995

Size: 100 × 140 cm

Offset

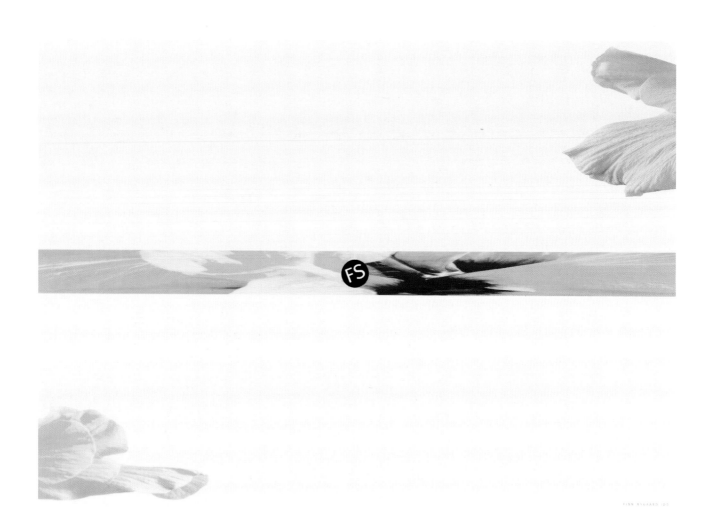

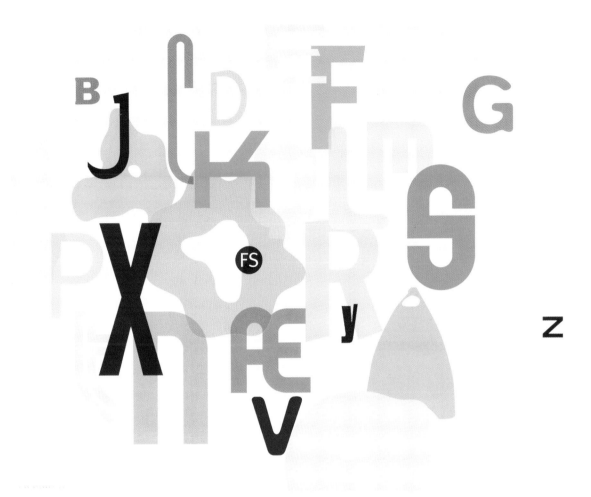

符号

丹麦 1995 年

尺寸：42 × 59.4 cm

胶印

FS-Printer

"sign"

Denmark 1995

Size: 42 × 59.4 cm

Offset

INTERNATIONAL CONTINENCE SOCIETY
20TH CONGRESS AARHUS CONCERT HALL
AARHUS SEPT. 12-15 1990 DENMARK

禁欲协会国际会议海报

丹麦 1993 年

尺寸: 140 × 40 cm

胶印

Continence society

International Congress

Denmark 1993

Size: 140 × 40 cm

Offset

H E R E F O R D

美国 Hereford 进出口商品海报

丹麦 1986 年

尺寸: 70 × 100 cm

胶印

American Hereford

Import-Export

Denmark 1986

Size: 70 × 100 cm

Offset

戏剧海报

丹麦 1986 年

尺寸: 100 × 70 cm

胶印

Den jyske Opera

"Vores Hoffmann"

Denmark 1986

Size: 100 × 70 cm

Offset

Den Jyske Opera · Dansk Klaverteater

RUM PRIS 2001

KOLDING 1999

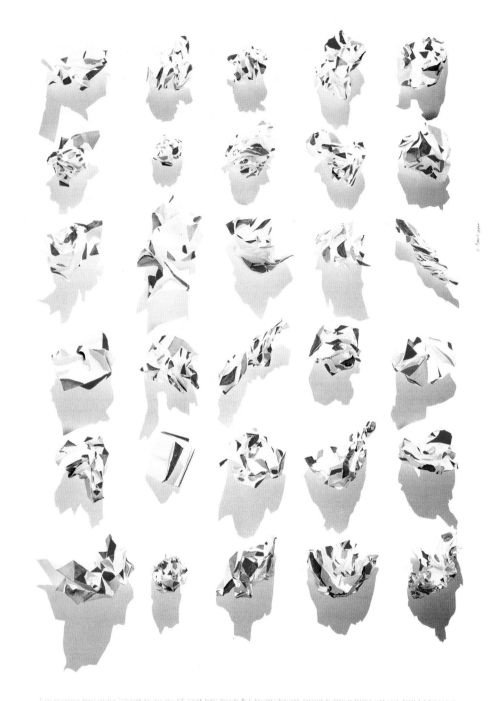

Kannike Tryk 印刷 "25 年" 海报

丹麦 1987 年

尺寸: 84 × 59.4 cm

胶印

Kannike Tryk Print

"25 Years"

Denmark 1987

Size: 84 × 59.4 cm

Offset

苏格兰皇室海报

丹麦 1997 年

尺寸: 160 × 110 cm

丝网印

Papir Unionen Denmark

Royal Consort Skotland

Denmark 1997

Size: 160 × 110 cm

Silkscreen

Dansk Plakatmuseums
10 års Jubilæumsudstillinger

Musikhuset Aarhus
Internationale plakatkunstnere
1.11 - 26.11 2003

Plakatmuseet retrospektiv
1.11 - 21.12 2003
J.M. Mørks Gade 13
8000 Aarhus C · Danmark

jazz

september 2002 - januar 2003

Selskabet 爵士音乐节海报

丹麦 1983 年

尺寸：84 × 59.4 cm

丝网印

Jazz Selskabet

Festivalweek concert 83

Denmark 1983

Size: 84 × 59.4 cm

Silkscreen

1989 年奥胡斯国际爵士乐节海报

丹麦 1989 年

尺寸：150 × 100 cm

丝网印

Aarhus International Jazz Festival 1989

Denmark 1989

Size: 150 × 100 cm

Silkscreen

JAZZ

AARHUS INTERNATIONAL JAZZ FESTIVAL JULY 24-29 1989

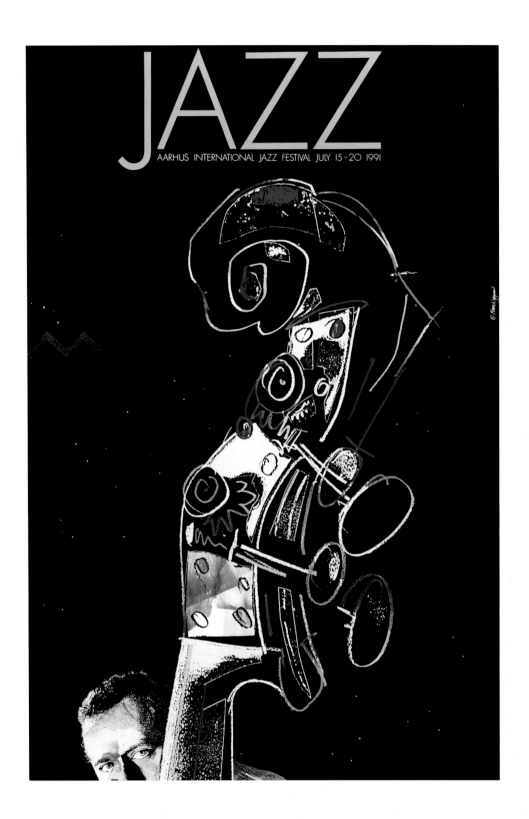

1991 年奥胡斯国际爵士乐节海报

丹麦 1991 年

尺寸：150 × 100 cm

丝网印

Aarhus International Jazz Festival 1991

Denmark 1991

Size: 150 × 100 cm

Silkscreen

1992 年奥胡斯国际爵士乐节海报

丹麦 1992 年

尺寸：150 × 100 cm

丝网印

Aarhus International Jazz Festival 1992

Denmark 1992

Size: 150 × 100 cm

Silkscreen

1993 年奥胡斯国际爵士乐节海报

丹麦 1993 年

尺寸: 150 × 100 cm

丝网印

Aarhus International Jazz Festival 1993

Denmark 1993

Size: 150 × 100 cm

Silkscreen

1994 年奥胡斯国际爵士乐节海报

丹麦 1994 年

尺寸: 150 × 100 cm

丝网印

Aarhus International Jazz Festival 1994

Denmark 1994

Size: 150 × 100 cm

Silkscreen

1998 年奥胡斯国际爵士乐节海报

丹麦 1998 年

尺寸：150 × 100 cm

丝网印

Aarhus International Jazz Festival 1998

Denmark 1998

Size: 150 × 100 cm

Silkscreen

2000 年奥胡斯国际爵士乐节海报

丹麦 2000 年

尺寸：150 × 100 cm

丝网印

Aarhus International Jazz Festival 2000

Denmark 2000

Size: 150 × 100 cm

Silkscreen

"Raum" 海报

德国 1986 年

尺寸: 84 × 59.4 cm

胶印

Labyrint in Germany

"Raum"

Germany 1986

Size: 84 × 59.4 cm

Offset

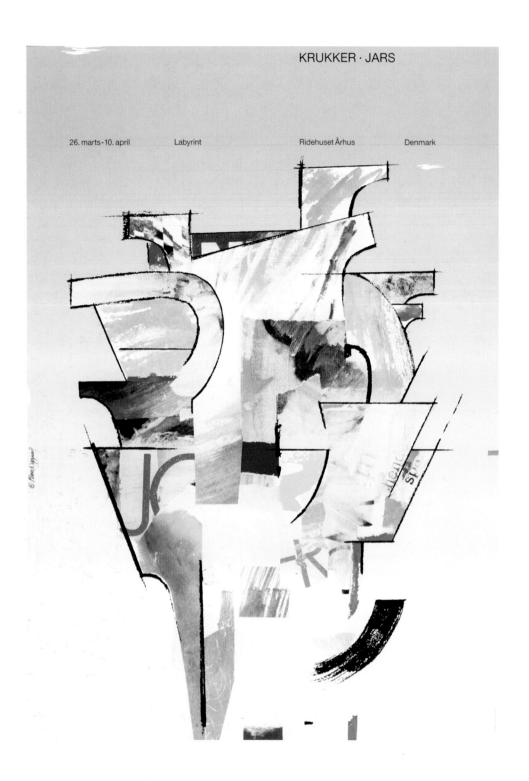

KRUKKER · JARS

26. marts-10. april　　　Labyrint　　　Ridehuset Århus　　　Denmark

Labyrint "Krukker, Jars" 海报

丹麦 1986 年

尺寸: 94 × 59.4 cm

胶印

Labyrint "Krukker, Jars"

Denmark 1986

Size: 94 × 59.4 cm

Offset

奥胡斯剧院海报

丹麦 1990 年

尺寸: 84 × 59.4 cm

胶印

Aarhus Theatre

"Hexeri eller blind alarm"

Ludvig Holberg

Denmark 1990

Size: 84 × 59.4 cm

Offset

Finn Nygaard 丹麦海报博物馆海报展

丹麦 1994 年

尺寸: 100 × 70 cm

胶印

Finn Nygaard Poster

Exhibition at The Danish Poster Museum

Denmark 1994

Size: 100 × 70 cm

Offset

丹麦海报博物馆海报

丹麦 1992 年

尺寸: 100 × 70 cm

胶印

Danish Poster Museum

Denmark 1992

Size: 100 × 70 cm

Offset

Nykredit

信托协会海报

丹麦 1988 年

尺寸: 84 × 59.4 cm

胶印

Nykredit

Credit Association

Denmark 1988

Size: 84 × 59.4 cm

Offset

奥胡斯剧院海报

丹麦 1984 年

尺寸: 84 × 59.4 cm

胶印

Aarhus Theatre

"Mutter Courage" Bertolt Brecht

Denmark 1984

Size: 84 × 59.4 cm

Offset

PALADS

1 · 2 · 3 · 4 · 5

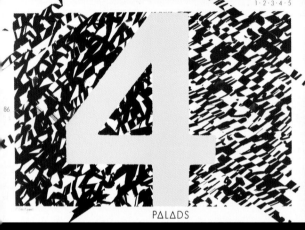

1 · 2 · 3 · 4 · 5

PALADS

PALADS

1 · 2 · 3 · 4 · 5

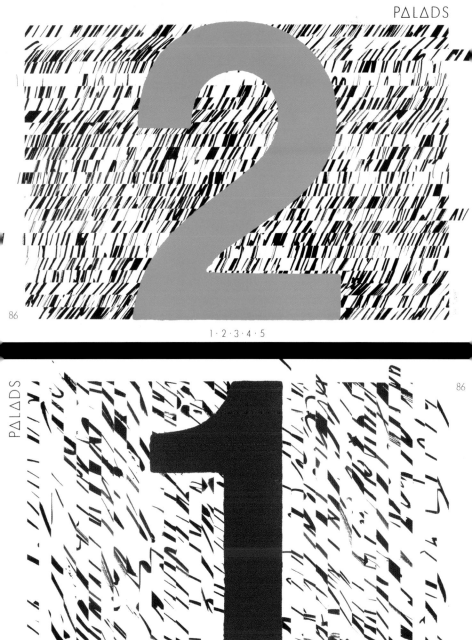

1 · 2 · 3 · 4 · 5

1 · 2 · 3 · 4 · 5

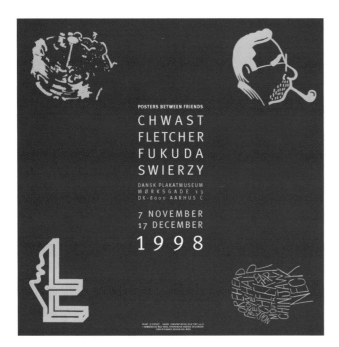

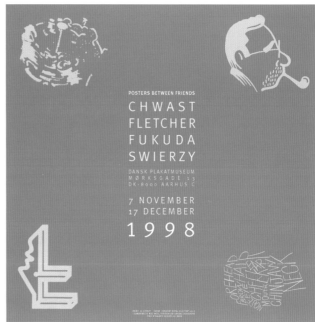

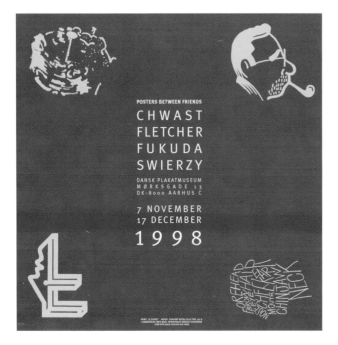

丹麦海报博物馆与朋友联合海报展

丹麦 1998 年

尺寸: 70 × 70 cm

胶印

Exhibition Poster between Friends:

Chwast, Fletcher, Fukuda and Swierzy

Danish Postermuseum

Denmark 1998

Size: 70 × 70 cm

Offset

Finn Nygaard 奥胡斯艺术画廊海报展

丹麦 1986 年

尺寸: 84 × 59.4 cm

胶印

Finn Nygaard Poster Exhibitions at

Gallery

Klostertorvet Aarhus

Denmark 1986

Size: 84 × 59.4 cm

Offset

Finn Nygaard

Plakatudstilling
Klosteret for J. Aarhus
Galleri for design og arkitektur

KZ

X

7. Aug - 30 Aug 1986

FINN NYGAARD · PLAKAT

Muzeum Sztuk Użytkowych · Góra Przemysła 1, Poznań · listopad - grudzień 2003

Muzeum Historii Miasta Łodzi · ul. Ogrodowa 15, Łódź · kwiecień - maj 2004

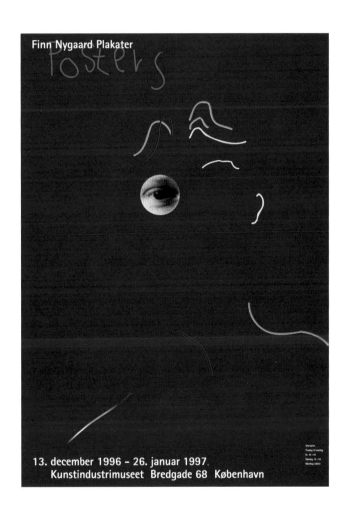

Finn Nygaard 海报展

哥本哈根

丹麦 1986 年

尺寸: 100 × 70 cm

胶印

Finn Nygaard Posters on

Kunstindustrimuseet

Copenhagen

Denmark 1986

Size: 100 × 70 cm

Offset

INNOVATION LAB

INNOVATION LAB

INNOVATION LAB

INNOVATION LAB

奥胡斯会议中心 SAS 海报   Reklameloftet 海报

丹麦 1992 年   丹麦 1980 年

尺寸: 150 × 100 cm   尺寸: 84 × 59.4 cm

SAS Radisson Congress Center Aarhus   Reklameloftet

Denmark 1992   Denmark 1980

Size: 150 × 100 cm   Size: 84 × 59.4 cm

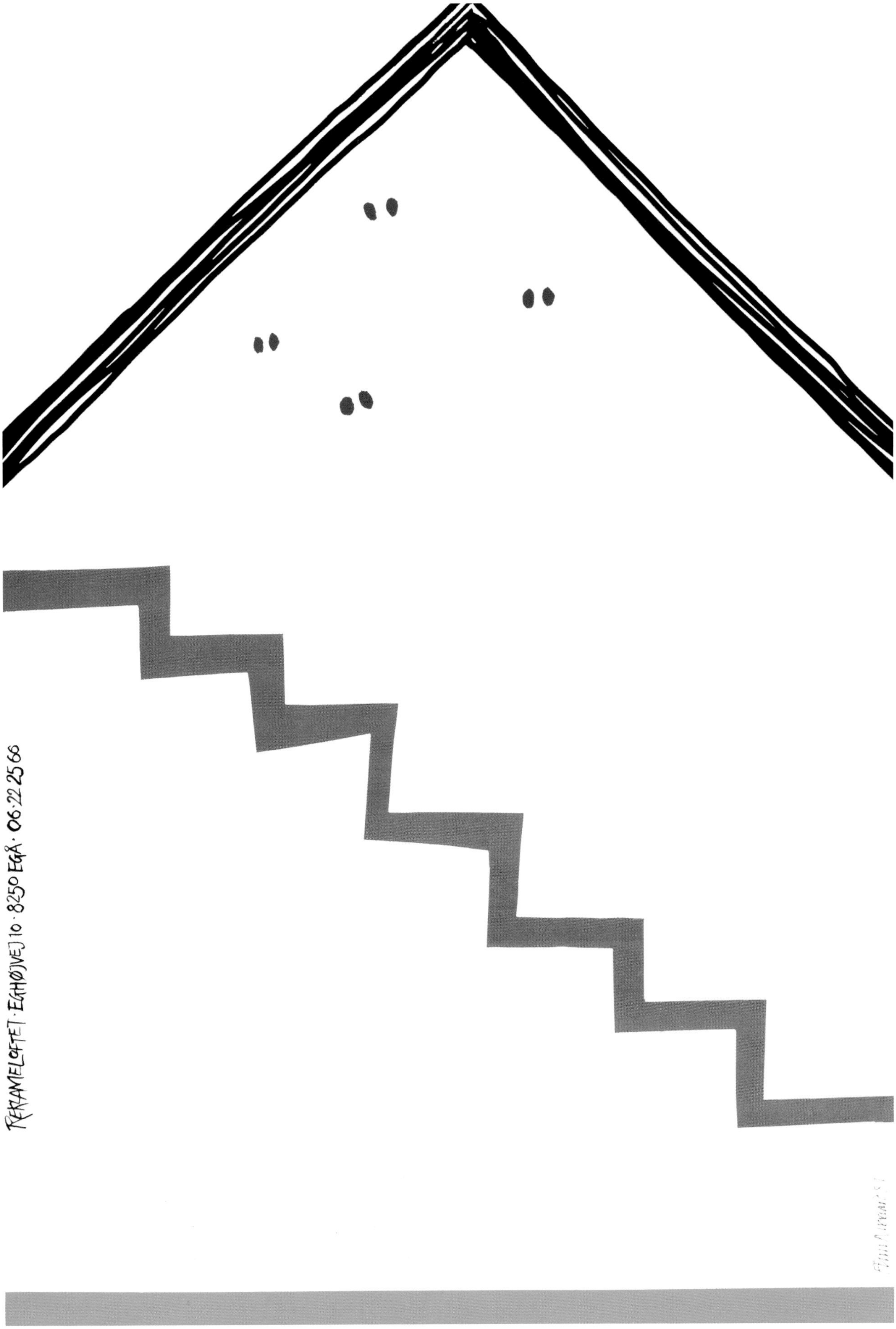
REKLAMELOFTET · EGHØJVEJ 10 · 8250 EGÅ · 06·22 25 66

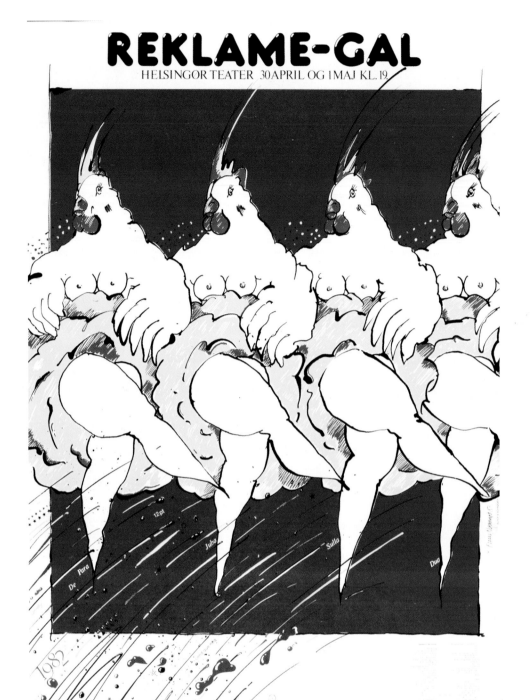

戏剧海报

丹麦 1986 年

尺寸：84 × 59.4 cm

丝网印

Theater Helsingør

"Reklame-Gal"

Denmark 1986

Size: 84 × 59.4 cm

Silkscreen

戏剧海报

丹麦 1986 年

尺寸：84 × 59.4 cm

胶印

Revy Theatre

Denmark 1986

Size: 84 × 59.4 cm

Offset

戏剧海报

丹麦

尺寸：84 × 59.4 cm

胶印

Theatre Svalegangen

"Loppemarked"

Denmark

Size: 84 × 59.4 cm

Offset

"Scanner" 海报

丹麦 1985 年

尺寸：84 × 59.4 cm

胶印

Hammerschmidt repro

"Scanner"

Denmark 1985

Size: 84 × 59.4 cm

Offset

WARNING

[A new series in functional work clothes]

WORK
ZONE
SINCE 1774

WORK
ZONE
SINCE 1774

工作服制衣公司海报

丹麦 1995 年

尺寸: 100 × 70 cm

胶印

Statens Konfektion

Work Zone "Warning"

Denmark 1995

Size: 100 × 70 cm

Offset

Work Zone

工作服制衣公司标志

Logo for Work Zone

working cloths

麦文·科兰斯基对芬·尼嘉德的评论
Comment By Mervyn Kurlansky

我认识的大多数丹麦人都十分自信。但他们往往表现得十分谦虚，我怀疑，这正是他们自负的表现。从这点来讲，Finn Nygaard 也不例外。

例外的，是他的设计。丹麦人的设计信奉"功能决定形式"，丹麦人优秀的设计作品是这条规则的精确体现。

尽管 Finn 的作品根植于斯堪的纳维亚，却打破了一成不变的规则。在他的作品中，常常是形式决定功能，更容易使人联想起美国和欧洲的设计。

他的作品反映了其独一无二的、高度创新的思想，偶尔也会流露出国际设计大师对他的影响。

他的创作极其广泛，无论是企业识别系统、宣传册、海报、年度报告手册设计还是家具设计，无论是绘画还是雕塑，他用自己的鲜活和智慧使我们得到了享受。

如果说所有的艺术都在追求音乐的高度，那么 Finn 的设计是在追求艺术的高度。

Most of the Danes Iknow convey an air of quiet confidence. They appear modest and humble yet, I suspect, are ferociously proud. In this regard, Finn Nygaard is no exception.

What is exceptional about him however, is his design.

Historically, Danish design has been built on the foundation of the 'Form follows function' maxim and the best of Danish design is a highly refined expression of this.

Whilst Finn's work clearly pays respect to his scandinavian roots, it manages to break out of this straight-jacketed principle to establish a style that is more reminiscent of that aspect of American and European design where function follows form.

His work, whilst accasionally hinting at the influences of his international design heroes, is unmistakably his own unique and highly innovative expressions.

His versatility is extensive and whether designing corporate identities, brochures, posters, annual reports or furniture, whether painting or sculpting, he entertains us with his freshness and wit.

If all art aspires to the level music, Finn's design aspires to the level of art.

演讲 / 职务 / 评委活动
Lectures / Teaching positions / Jury member

1986,1987,1988,1989,1990,1998,2000年，丹麦Kolding

设计学校客座及校外指导

1999年，中国北京

设计学术研讨会演讲

1999年，中国北京

中国国际艺术及设计展演讲

1997,1998,1999年

丹麦优秀书籍编委

1997年

英国伦敦平面设计大赛国际评委

1998年，葡萄牙里斯本

novodesign 演讲

1998 年，斯堪的纳维亚

T.I.M 演讲

1998年

丹麦海报博物馆海报展评委

1995,1996,1997,1998 年，丹麦哥本哈根

丹麦设计学院讲座

1997年

丹麦商标设计评委

1997年

海报设计评委

1997年

海报设计评委

1995年

丹麦平面设计海报设计评委

丹麦哥本哈根 DRB 学校

1992,1994,1995,1996,1997, 1998,1999,2000 年，丹麦哥本哈根

丹麦奥胡斯经商管理校外指导

丹麦设计学院校外指导

Lectures and external examiner at College of Danish Design,
Kolding, Denmark
in 1986, 1987, 1988, 1989, 1990, 1998, 2000

Lectures at *Beijing* Design Akademy *1999 China*

Lectures at China International Art+Design Expo *1999 China*

Marsterclass on Danish Design School with Kari Piippo and Finn
Nygaard.

Book Jury, The Best Danish Books *1997, 1998, 1999*.

Foreningen for Dansk Boghändvaerk

International jury for The Donside Graphic Design awards
London England *1997*.

Lectures at novodesign *lisabon portugal 1998* (venha ver e
ouvir um homem do norte Finn Nygaard)

Lectures at Stockholm T.I.M *Skandinavia 1998*

Courator for the posterexhibition"Postere Between Friends"
Chwast, Fletcher, Fukuda and Swierzy on Danish Poster Museum
1998.

Lectures at Danish Design School, *Copenhagen, Denmark.*
1995,1996,1997,1998.

Logo-design jury in the Danish Landbrug og Fiskeri ministerium.
1997

Poster jury for faellesforbundets 75 års Jubilaerum *1997*.

Poster jury for Chr. Olsen 100 Års Jubilaerum. *1997*

Poster jury for Danish Trafiksikkerhed Graphic Design Jury *1995*.
DRB School, Copenhagen, Denmark.

The Aarhus School of Economics and Business Administration.

External examiner at Danish Design School, *Copenhagen,*
Denmark.1992,94,95,96,97,98,99,2000.

1994 年，荷兰阿姆斯特丹

BRS

1994年，丹麦奥胡斯

平面设计戏剧海报类评委

奥胡斯商业俱乐部"Gok"

1992年

平面设计评委

丹麦奥胡斯大学

1991年

平面设计评委

BRS *Amsterdam Holland 1994*

Theatre Poster competision *Aarhus Denmark* Graphic Design

Jury *1994*.

Aarhus Advertising Club"Gok".

Årets Guldkorn Graphic Design Jury *1992*.

University of Aarhus, Denmark.

Årets Guldkorn Graphic Design Jury *1991*.

专访
Interview / Represented in :

中国《艺术与设计》1999年第4期 Finn Nygaard 的设计

1997 年 Finn Nygaard 平面海报设计 "保护人类海报"

德国Novum Finn Nygaard海报设计

1997 年 9 月 Plakat 杂志、1996 年 12 月 20 日 politikken 报纸

纽约杂志 "两位丹麦设计师 Nygaard 和 Arnoldi"（专访）

Finn Nygaard海报作品集 ISBN 87-982724-1-1

1995年 第5期 Mad and Bolig（专访）

荷兰"Pers"杂志(专访)

美国 1994 年海报展

平面设计年册节选

1993年美国《平面》杂志第286期7/8月丹麦设计－Finn Nygaard
（专访）

韩国当代平面设计研究组织

DanaData 杂志1992年（专访）

美国《设计大观》

Egmont 杂志（专访）

日本 1992 年世界平面设计年册

Novum Gebrauchsgraphik Finn Nygaard Design Germany 2000

Art and Design no. 009 1999 China

Design & Art no. 4 1999 China

Catlog "Poster Between Friends" By Finn Nygaard "save the
Human posters"

Graphics Posters 1997.

Novum Gebrauchsgraphik Finn Nygaard Posters, Germany
1997

Plakat journal heft 4 okt-sept 1997

The newspaper politikken 20.12.96

Print Magazin New York"Two Danish Designer Nygaard and
Arnoldi" (Interview).

Finn Nygaard Posters 2, Book ISBN 87-982724-1-1.

sophienholm"Design Aktuel"1995.

First choice second edition Graphic-Sha Japan/Australia

Mad and Bolig No.5,1995.(Interview).

Magazine "Pers:"Holland (Interview).

Graphis Posters 1994 USA

Typography selected from Graphis Annuals.

The Book "Who Is Who in Graphic design"

Graphis no. 286.JUL/AUG 1993 Story about Danish Design
selected by Finn Nygaard (Interview) USA.

The korean Society for Experimentations in Contemporary
Design.

The Book Den Danske Plakat 1722/1993 Lars Dybdal ISBN 87/
418/6779/3

DanaData Magazine (Interview) 1992.

"The Design Scene",visual commentary, Print Magazine, USA.

All Egmont Magazine, (Interview).

Annual; Graphic Design of the World 1992, Japan.

Graphis Design 1991.

1991 年平面设计

1991 年海报设计

1991 年法国欧洲爵士乐节

1990 年海报展

1990年 DanaData 杂志（专访）

1990 年日本 IDEA 杂志第 223 期（专访）

奥胡斯 Stiftstidende（专访）

1989年 第8期 Medieforbundet杂志（专访）

1988 年海报展

第254期《平面设计》（专访）

1988 年艺术指导年册

Nykredit 杂志1988 年（专访）

1984,1985,1987 年平面海报展

"Alt For Damerne" 杂志，1987 年 第38 期（专访）

Finn Nygaard 海报集 ISBN 87-982724-1-1

Graphis Posters 1991.

Le Jazz Européen Affice, France 1991.

Graphis posters 1990.

DanaData Magazine (Interview) 1990.

IDEA Magazine Japan (Interview) No.223.1990.

Aarhus Stiftstidende (Interview).

Medieforbundet no.8/1989.Magazine(Interview).

Graphis posters 1988.

Graphis no.254.(Interview).

Art director's Yearbook 1988.

Nykredit magazine 1988(Interview).

The Book of Pécsi Galéria, Hungary 1988.

Graphis Poster 1984.1985.1987

"Alt For Damerne", Magazine.no.38/87(Interview).

Finn Nygaard Posters, Book ISBN 87-982724-1-1.

作品收藏
Represented in the permanent collections of:

丹麦工业博物馆	Danish Industrial Museum, Copenhagen, Denmark.
匈牙利 Pécsi 艺术画廊	Pécsi Galeria, Hungary
德国海报博物馆	Poster Museum, Emmerich, Germany.
丹麦 Herning Kunst 博物馆	Herning Kunstmuseum, Herning, Denmark.
以色列博物馆	The Israel Museum, Jerusalem, Isreal.
法国巴黎公共博物馆	Musee de la Publicité,Pares, France.
俄罗斯圣彼得堡现代艺术画廊	Modern Art Gallery St. Petersburg, Russia.
美国科罗拉多州立大学	Colorado State University, USA
芬兰 Lahti 海报博物馆	Lahti Poster Museum, Finland.
波兰华沙海报博物馆	Poster Museum Warsaw, Poland.
俄罗斯圣彼得堡国家博物馆	St. Petersbrug State Museum, Russia.
丹麦海报博物馆（荣誉会员）	The Danish Poster Museum Denmark(Member of honour).
波兰华沙博物馆	Muzeum Narudowe Collections in Warszawie Poland
美国纽约 Merrill c. berman 作品集	The Merrill c. berman collection New York USA.
日本 Ogaki 海报博物馆	Ogaki Poster Museum Japan.
澳大利亚 Nick vukovic 作品集	The Nick vukovic collection Moonee Ponds Australia.

展览：1994 — 2001 年
Exhibitions: 1994 to 2001

2001年

芬兰海报双年展

香港国际海报双年展

2000 年

斯洛伐克艺术画廊作品展

斯洛伐克"世界的朋友"海报展

布尔诺 2000 年国际平面设计双年展

台北 2000 年国际海报双年展

日本第三届国际海报设计邀请展

丹麦设计协会奖

Finn Nygaard 作品展

波兰华沙 2000 年第十七届国际海报双年展

日本 IPT 第六届国际海报三年展

Finn Nygaard 奥胡斯海报展

墨西哥城 Finn Nygaard 获奖作品展〔墨西哥海报三年展〕

墨西哥第六届国际海报双年展

Pécsi 艺术画廊海报展

2000 年墨西哥 AGI 大会

1999年

俄罗斯莫斯科金蜜蜂奖平面设计双年展

丹麦海报美术馆国际海报展

芬兰 1999 年插图三年展

2001

Lahti posters biennale Finland

Hong Kong International posterbiennale

2000

Masterclass on Danish Design School with Kari Piippo and Finn Nygaard.

Galeria Jana Korniaka Slovakiet

Posters Exihition WORLD OF FRIENDS (Hommage a Jan Rajlich, Snr.) Slovakia

XIX International Biennale 2000 of graphic Design Brno

Bibliothéque nationale de France

Musee des arts decoratifs et du design, Gent 14 jan.-28 feb Belgien

Maison de la culture d'arlon marts -april danish design

International Posterbiennal, Taipei 2000

The Third Poster Internationale Inviting Exhibitions in OGAKI Japan

The Danish Design prize (for oresundstrain)

Finn Nygaard exhibitions Banegaarden Aabenraa

17 International Poster Biennale in Warsaw 2000 Poland

IPT 2000 The 6th international poster triennial in Toyama Japan

Finn Nygaard Poster exhibitions Musikhuset Aarhus

Finn Nygaard winners exhibitions Mexico city (Poster Triennale Mexico)

The Sixth Internationale Biennal of posters Mexico

Posters at Pécsi Galéria

AGI meting in Oaxaca Mexico 2000

1999

Golden Bee Moscow International Biennale of Graphic Design Russia

International Poster Exhibiton on Danish Poster Museum

Mikkelin Kapungin Museot, Illustration Triennial 1999 Finland

1998 年丹麦最佳书籍评委

1998 年科罗拉多国际海报邀请展

上海 1999 年国际海报邀请展

1999 年中国上海艺术设计展

1998 年

日本东京 Koheseki 艺术画廊 Finn 海报展

捷克布尔诺第 18 届国际海报招贴展

1998 年丹麦优秀书籍

1998 年中国北京国际今天艺术传真展

1998 年匈牙利 Pécsi 艺术画廊

Finn Nygaard, Sergeo Fukuda, Seymour Chwast, Waldemar Swierzy, Alan Fletcher 海报合展

日本 Ogaiki 海报美术馆第二届国际海报邀请展

丹麦哥本哈根 1998 年艺术展

德国汉堡艺术博物馆艺术展

1998 年墨西哥国际双年展（铜奖）

1997 年

芬兰赫尔辛基国际海报双年展

Jury, The best Danish Books 1999. Foreningen for Dansk Boghåndvaerk.

The Colorado International Invitational Poster Exhibitions 1999

Zgraf Zagreb/Croatia 1999

Shanghai International Invitational Poster Exhibitions'99

ART+DEX International Art and Design Expo in Shanghai China 1999

AGI meting in Pontresina Schweitz

1998

Finn Nygaard Poster exhibition at Koheseki Gallery'98 Tokyo Japan.

International 18th Poster Biennale BRNO. Czech Republic.

Jury, The best Danish Books 1998. Foreningen for Dansk Boghåndvaerk.

The International Today art fax show 1998 Beijing China.

Marsterclass on Danish Design School with Shigeo Fukuda and Finn Nygaard.

Plakatok/Posters'98 Pécsi Galéria Hungary.

Poster exhibitions made by Finn Nygaard with, Sergeo Fukuda, Seymour Chwast, Waldemar Swierzy, Alan Fletcher.

The Ogaiki Poster Museum Japan 2th International Invitational Poster Exhibition.

Charlottenborg98' Statens kunstfond Copenhagen Denmark.

DK: at Museum für Kunst u. Gewerbe Hamburg Germany.

Bienal International del Cartel en Mexico 1998 (third Prize Bronze Medal).

1997

Helsinki International Poster biennale Finland.

The Colorado 10th International Invitational Poster Exhibition USA.

IPT'97 The international poster triennial in Toyama Japan

美国科罗拉多第十届国际海报邀请展

日本 Toyama 国际海报三年展

1997 年丹麦优秀书籍评委

1997 年海报设计展

1997 年芬兰城市博物馆作品展

保加利亚国际舞台海报设计三年展

1997 年斯洛伐克共和国海报三年展

1997 年台北国际海报节

英国伦敦平面设计大赛金奖

英国伦敦平面设计大赛 ″全球最优秀奖″

1996 年

丹麦哥本哈根平面设计 ″Visuellerhvad?″

波兰华沙第 15 届 IPB 海报双年展

纽约杂志 ″两位丹麦设计师 Nygaard 和 Arnoldi″

匈牙利 1996 年海报邀请展

美国芝加哥建筑和设计艺术馆 ″丹麦设计展″

日本 Ogaiki 第一届国际海报邀请展

法国格勒诺布尔国家文化艺术中心展

1996 年 ITO 国际海报竞赛

丹麦哥本哈根 Finn Nygaard 海报展

Jury, The best Danish Books 1997. Foreningen for Dansk Boghåndvaerk.

Graphis Posters 1997

Lahden Museo Lahti City Museum 1997 Finland

3 Years workinglegat from Statens Kunstfond Denmark.

International Triennial of Stage Poster Bulgaria

Trnava Poster Triennial 1997 Slovak republic

Tapei International Poster Festival 1997 Taiwan,R.O.C.

The Donside Graphic Design Awards"Gold Awards". London England.

The Donside Graphic Design Awards"Best Overall Gold DK". London England.

1996

Kunstindustrimuseet Copenhagen "Visuellerhvad?" Danish Graphic Design

International 15th IPB Poster Biennale, Warsaw, Poland.

Arbejdslegat from Statens Kunstfond Denmark.

Print Magazin New York "Two Danish designer Nygaard and Arnoldi".

Festival D'Affiches De Chaumont. France

Pécsi Galéria Plakatok/Poster'96 Invitations Exhibition, Hungary.

The Chicago Athenaeum"Denmark thuough Design" Museum o fArchitecture and Design USA

The Ogaiki 1st International Invitational Poster Exhibition.

Don Juan, Macbeth, Carmen…Pére Ubu et les autres Cultural Centre-National Arts Centre of Grenoble.

The International Theatre Poster competition Osnabrück 1996(ITO 96)

Kunstindustrimuseet Copenhagen Exhibition of Finn Nygaard Posters.

1995 年

"Who is who in graphic design" 苏黎世

芬兰 1995 年海报邀请展

荷兰 "Pers" 杂志第 20 期

芬兰海报双年展

伊斯坦布尔国际海报邀请展

保加利亚第一届国际舞台海报设计三年展

全球反核战争设计展

芬兰 '95 赫尔辛基国际海报双年展

英国伦敦平面设计银奖

英国伦敦平面设计 "丹麦最佳综合奖"

1994 年

波兰华沙海报双年展

为布鲁塞尔欧洲考察组作的插图

丹麦哥本哈根艺术展

瑞士市议会厅国际爵士乐海报

1994 年国际艺术沙龙

1994 年 12 月 Nygaard 丹麦海报艺术馆海报回顾展

1995

"Who's who in graphic design" Zürich Helvetica

Poster 1995 Lahti Invitation Finland

Magazin"Pers:" Number 20 Holland

Dansk Design Aktuelt på Sophienholm d.10.marts

The Book "FIRST CHOICE SECOND EDITION" Graphic-Sha Japan

Poster Biennale, Lahti, Finland

Arbejdslegat from Statens Kunstfond Denmark

The International Invitational Poster Exhibition on the occasion of
Yurdaer's 60th anniversary in Istanbul…

First International Triennial of Stage Posters, Sofia Bulgaria.

Fax Against Nuclear Testing Inter Global Design Action.

Helsinki International Poster Biennial '95, XI Finland.

The Donside Graphic Design Awards"Silver Awards". London England.

The Donside Graphic Design Awards"Best Overall DK". London
England.

1994

Poster Biennale, Warsaw, Poland

Illustrations for the European Commission Brussel

Galleri Anne Marie Copenhagen DK

Willisau, the International Jazz posters Rathaus and Workshop
Wellis AG, Helvetica

Ville Salon International De L' Affiche Arts de la Rue, november 94

Finn Nygaard Retroperspektiv posters Exhibitions on the Danish
Posters Museum November 1994 (Member of honour)

奖项
Awards

2001 年	伦敦世界音乐海报节 ILMC 奖第一名
2000 年	英国伦敦千年奖 "入围奖" (Stelton)
2000 年	英国伦敦千年奖 "入围奖" (Chairik)
2000 年	英国伦敦千年奖 "金奖"
2000 年	2000 年丹麦设计奖
1999 年	丹麦海报节第一名
1999 年	丹麦海报节最受欢迎奖第二名
1999 年	丹麦工业产品设计奖
1998 年	1998 年墨西哥国际双年展铜奖
1998 年	日本 Ogaiki 第二届国际海报邀请展 Ogaiki 荣誉市民
1997 年	丹麦商业广告第二名
1997 年	英国伦敦平面设计 "金奖"
1997 年	英国伦敦平面设计 "最佳综合奖"
1997 年	英国伦敦平面设计 "全球最佳奖"
1996 年	丹麦设计奖
1995 年	丹麦设计奖
1995 年	英国伦敦平面设计 "银奖"
1995 年	英国伦敦平面设计 "最受欢迎奖"
1991 年	丹麦海报节第二名
1990 年	丹麦海报节第一名

2001　1 prize ILMC Award London Festival and music poster world wide

2000　The Donside Millennium Awards "Finalist Design" (Stelton). London England.

2000　The Donside Millennium Awards "Finalist Design" (Chairik). London England.

2000　The Donside Millennium Awards "Best Overall gold DK". London England.

2000　DD-Prize Denmark Danish Design Prize 2000

1999　1 Prize festival posters of the year in Denmark

1999　2 Prize festival posters of the year best publicity relations in Denmark

1999　IG-Prize Denmark Industriel Graphic Design Prize 1999

1998　Bienal Internacional del cartel en Mexico 1998 third Prize Bronze Medal.

1998　The Ogaiki Poster Museum Japan 2th International Invitational Poster exhibition

1998　The citizen of Ogaki Award Japan

1997　Second prize advertising Bo Beder Denmark

1997　3 years workinglegat from Statens Kunstfond Denmark.

1997　The Donside Graphic Design Awards"Gold Awards". London England

1997　The Donside Graphic Design Awards"Best Overall gold DK". London England

1996 - 1995　workinglegatt from Statens Kunstfond Denmark.

1995　The Donside Graphic Design Awards"silver Awards". London England

1995　The Donside Graphic Design Awards"Best Overall DK". London England

1991　2 Prize festival posters of the year in Denmark

1990　1 Prize festival posters of the year in Denmark

图书在版编目（CIP）数据

芬·尼嘉德／（丹）尼嘉德著；安歌译．

—长春：吉林美术出版社，2004.9

（国际平面设计协会会员丛书）

ISBN 7-5386-1679-9

I.芬…　II.①尼…②安…　III.平面设计—作品集

—丹麦—现代　IV.J534

中国版本图书馆 CIP 数据核字（2004）第 090724 号

国际平面设计协会会员丛书
——芬·尼嘉德

出　版　人：石志刚

丛书主编：余秉楠　解建军

翻　　译：安　歌

特约编辑：关　峰

责任编辑：鄂俊大　郝熙敏

封面设计：解建军

设计制作：东道设计公司
　　　　　　（http://www.dongdao.net）

版　　式：史　可

出　　版：吉林美术出版社
　　　　　　（长春市人民大街 4646 号 http://www.jlmspress.com）

技术编辑：赵岫山

发　　行：吉林美术出版社图书经理部

制版印刷：深圳市佳信达印务有限公司

出版日期：2004 年 9 月第 1 版第 1 次印刷

开　　本：890 × 1240　1/16

印　　张：13

书　　号：ISBN 7-5386-1679-9/J·1368

定　　价：98.00 元